AF393877

Sciamachy ist eine allegorische Erforschung unserer Beziehung zur Macht, wie Macht korrumpiert und welche Art von Person es braucht, um Macht nutzbringend zu handhaben. Der Leser wird immer wieder mit der dunklen Seite seiner eigenen Persönlichkeit konfrontiert, die im Unbewussten verborgen liegt. Traumzustände vermischen sich mit gewöhnlicher Realität, während die Welt, so wie sie uns bekannt ist, unaufhaltsam ihrer Auslöschung entgegengeht und eine neue Zivilisation die Oberfläche des Bewusstseins durchbricht.

Denise Lawrence, Autorin, Dozentin und TV-Produzentin, lehrt seit 45 Jahren spirituelles Wissen und Raja Yoga Meditation. Sie lebt in Deutschland und den USA.

Denise Lawrence

SCIAMACHY

Von der Gier und dem Streben nach Macht

Aus dem Englischen von
Katharina Foertsch und Sabine Germer

Bibliografische Information der Deutschen Nationalbibliothek:
Die Deutsche Nationalbibliothek verzeichnet diese Publikation in der Deutschen Nationalbibliografie; detaillierte bibliografische Daten sind im Internet über http://dnb.dnb.de abrufbar.

© 2020 Lawrence, Rita Denise

Originaltitel: »Sciamachy - Fighting Your Shadow«

Umschlaggestaltung: Dr. Vera Dreyer
unter Verwendung einer Collage von Werner Kokemüller

Herstellung und Verlag: BoD - Books on Demand, Norderstedt

ISBN: 978-3-7519-8243-6

Ein guter Herrscher muss unabhängig sein und in hohem Maße über persönliche spirituelle Kraft verfügen. Sonst nimmt dieser Herrscher lediglich von anderen, nimmt vom Land und versteht es nicht, ein Verwalter zu sein.
Denise Lawrence

Inhalt

Teil 3   Das Opferfeuer

Teil 1

Phéline und Anant

Kapitel 1

Der Große Geist, die Elemente und der unbewusste Geist der Mystiker

Der Große Geist des Universums erwachte mit einem machtvollen Gedanken: »Der Zeitpunkt des Todes der Welt ist gekommen und es ist meine Aufgabe, dieses bedeutsame Geschehen zu leiten. Von jetzt an soll alle Arbeit durch die Kraft der Magie, durch Telepathie und das reine Herz eines Kindes vollendet werden.«

Die elementaren Energien formten sich zu geisterhaften Erscheinungen, zahlreich und kaum wahrnehmbar für alle, bis auf Anant, das Kind mit dem Licht.

»Ich sehe euch«, sagte es, »ich sehe euch deutlich und bin bei euch.«

Der Geist des Feuers antwortete dem Ruf: »Ich bin bereit.«

Der Geist des Wassers sagte: »Ich bin auch bereit.«

Der Geist des Windes hörte den Ruf: »Auch ich bin bereit.«

Der Geist der Erde fühlte ihren Schmerz und war zum Bersten bereit.

Der Geist des Äthers blieb abseits. »Ich bin nicht beteiligt.«

Phantome hörten den Ruf und wurden sich ihrer finsteren Rolle bewusst. »Wir sind bereit.«

Die Bewegungen des Windes und der Wasser begannen mit dem Mond und der Sonne einen neuen Tanz der Freiheit und Lebendigkeit. Die magnetischen Kräfte bogen sich und bewegten sich anders als sonst. Ihre Apfelform, die den Planeten umgab, begann in neuem Rhythmus zu pulsieren.

Die Erde schwankte ein wenig mehr als gewöhnlich. Der Geist der Gesalbten regte und bewegte sich, neue Bilder und Gefühle einfangend.

Das Kind mit dem Licht spürte, wie der Moment still und ruhig wurde. Blut floss seinen kleinen Körper hinab und vermischte sich mit dem Wasser und der Erde.

»Alles ist jetzt bereit, geliebter Einer«, flüsterte Kind Anant.

Von jenseits des Weltraumes tauchte ein Gedanke auf. Der Geist des Universums sprach: »Fang meine Energien ein, sie fließen jetzt, aber du musst sie einfangen!«

In seinem Traum kletterte Anant, das junge Kind mit dem Licht, vorsichtig in seinen auf ihn wartenden Sarg und schob ihn in die schimmernden Fluten. Der Sarg schwebte sanft in den plätschernden Wellen, füllte sich allmählich mit klarem Salzwasser und begann, in die Tiefe zu sinken. Das Kind verschwand und weißer Nebel legte sich über die Szene. Die Sonne ging unter, am nächtlichen Himmel funkelten Sterne und ungewöhnliche Zeichen.

Weit entfernt im Wald hatte es stark geregnet. Schlammlawinen wälzten sich donnernd die Abhänge hinunter, breiteten sich in alle Richtungen aus und begruben Bäume und Tiere schnell unter sich. Dunkle klebrige Erde hüllte die fliehenden Tiere ein, beendete ihre Lebenskraft augenblicklich und ließ ihre deformierten Körper wie steife, makabre Statuen, regungslos in ihrer Flucht zurück.

Die Geister lösten sich von ihren Formen und dort, wo einst die Bäume standen, begannen sie in langsamen Rhythmen zu tanzen. Unter den subtilen Formen tauchte ein ätherischer Hirsch mit riesigem Geweih und einer Krone um den Hals auf. Während der Schlamm seine neue Position einnahm, hüllte ein Chor lieblicher Klänge die Atmosphäre der Verwüstung in Stille. Der Himmel klarte auf und bedeckte die Erde mit seinem tiefblauen Baldachin, als wenn nichts gewesen wäre oder sich verändert hätte.

Kapitel 2

Phéline, der Havilschild-Mann

In seiner Einzelzelle, tief unter der aus dem 12. Jahrhundert stammenden Burg Eltz, verspürte Phéline, ein politischer Gefangener und Agent der Havilschild-Gruppe, erneut diese Stille. Dieses Mal hatte sich allerdings ihre Qualität verändert, so als ob sich gerade etwas Geheimes und Bedeutendes ereignet hätte. Die abgestandene Luft fühlte sich irgendwie erfrischt an. Im Halbdunkel seiner Gedanken spürte er etwas Warmes und Gutes. Seine Wunden schienen weniger zu eitern und der Schmerz ließ aus nicht nachvollziehbaren Gründen nach.

In Einzelhaft scheint die Zeit zeitlos zu sein. Die fünf Sinne haben weniger zu tun und die Innenwelt tritt in den Vordergrund. Gedanken, Emotionen, Sorge, Angst und Schmerz tauchen auf und der Gefangene gleitet in die Unterwelt seiner Gefühle.

Eines der Phantome kam, um den Gefangenen aufzusuchen. Michael war einer von denen, deren Reinkarnation durch ihr Karma ziemlich lange verhindert worden war. Durch die Betonwand gleitend, brachte er ein unheimliches Licht in das Halbdunkel der Zelle. Seine Aufgabe war es, den Mann, der vor ihm auf dem schmutzigen Boden der feuchten und übelriechenden Zelle lag, einzuschüchtern und zu demütigen. Doch Phéline hatte keine Angst, er erkannte den Eindringling von einem früheren Geheimauftrag des dunklen Militärs und seiner Verbündeten, den Havilschilds, wieder.

»Hallo Michael. Du bist es. Wie verlief der Einsatz? Nach deinem jetzigen Zustand zu urteilen, scheint er erfolgreich gewesen zu sein.«

Phéline war hellsichtig und konnte den subtilen Körper von Michael Tenebris, der auch ein Agent der Havilschild-Gruppe war, mühelos erkennen.

»Ja«, antwortete er, »meine Körperteile flogen in alle Richtungen, als der Sprengstoffgürtel explodierte. Die Mauer der moldawischen Botschaft wurde gesprengt, einige Sicherheitsleute und Unschuldige wurden getötet, unter ihnen ein kleiner Junge. Unsere Zielperson wurde nicht getötet, aber schwer verwundet. Ich habe meine Gruppe aus den Augen verloren, bin aber sicher, dass einige von ihnen den Anschlag nicht überlebt haben. Ich glaube, einer wurde gefangen genommen. Ich dachte, er könnte irgendwo in diesem Gefängnis sein. Es gibt hier so viele eingesperrte Männer und Frauen. Es ist schwer, ihn zu finden.«

»Ja, natürlich ist es schwer, jemanden, nachdem er gefoltert wurde, wiederzuerkennen, aber egal. Was hast du jetzt vor?«

»Ich weiß es nicht. Ich bin hier, um dir Angst einzujagen. Aber das funktioniert nicht. Deshalb weiß ich nicht, wie es weitergehen soll.«

»Keine Sorge, Michael, Du kannst gehen. Auf dich wartet eine andere Aufgabe. Elgard, der Meister der Phantome, wird sie dir mitteilen. Bleib einfach offen dafür. Behalte einen kühlen Kopf und du wirst die Anweisungen empfangen. Du kannst mich jetzt verlassen. Geh einfach.«

»Aber ich weiß nicht, wie ich in dieser Dimension arbeiten soll. Ich habe Angst. Ich kann mich nicht mehr mit anderen Menschen verbinden. Ich bin mit meinem Schmerz allein. Mein Körper ist in Stücke gerissen und schmerzt fürchterlich. Mein Geist ist aufgewühlt.«

»Mach weiter. Du wusstest, dass du einen hohen Preis dafür zahlen würdest. Jetzt geh einfach und folge Elgards Anweisungen und denen der Verantwortlichen der Havilschilds. Überlass mich meiner Einsamkeit, okay?«

Das Phantom hinterließ eine Spur des Leides in der trüben Atmosphäre, verblasste und verschwand. Phéline saß da und begab sich dann für viele Monate noch tiefer in sein Schweigen.

Elgard war der Herrscher der subtilen Kräfte, die in der Dimension der Toten lebten. Er konnte ihre ätherischen Körper für schändliche Zwecke benutzen.

Der Geist des Hirsches erschien vor Phéline. Er trug ein riesiges Geweih, das zu groß für seine kleine Gestalt zu sein schien. Edel stand er dort, in so viel Schönheit, umgeben von warmem und sanftem Licht. Um seinen Hals zeigte sich der dunkle Umriss einer Krone.

Phéline bewegte sich aus seinem zerrissenen und gebrochenen Körper. In seiner subtilen Form bestieg er den Hirsch und gemeinsam flogen sie in den nächtlichen Himmel, weder Wände noch Gitterstäbe konnten sie aufhalten. Im Gesicht und auf seinen Armen spürte er die kühle Nachtbrise und keinen Schmerz mehr. Er war eins mit dem fliegenden Hirsch. Sie flogen weiter, hoch über Land und Flüsse, Berge und Urwälder, so hoch, dass

Phéline die Krümmung der Erde und das Leuchten der aufgehenden Sonne vor sich sehen konnte.

Die kaum wahrnehmbare Stimme des Großen Geistes flüsterte aus der Ferne: »Fang das Licht ein, Phéline. Du wurdest zu einer wichtigen Aufgabe berufen. Aber du brauchst gigantische Kraft, damit du die Energie einfangen kannst, die dir gesendet wird. Sei wachsam und bleib konzentriert. Andere Phantome sind hinter dir. Du brauchst Kraft, um vor ihnen zu bleiben.«

Plötzlich war Phéline wieder in seiner Zelle. Es war jetzt Morgen. Er konnte dies an dem leichten Unterschied in der Qualität der Dunkelheit der Atmosphäre erkennen.

»Wer bist du? Ich muss wissen, wer du bist.«

Phéline konnte diesen Geist, den Klang seiner ätherischen Stimme aus dem Jenseits hören und seine unkörperliche Präsenz fühlen. Diese Anwesenheit war gleichzeitig greifbar und unsichtbar.

»Wer bist du?«, bemühte er sich zu verstehen.

»Ich biete dir Macht an, willst du sie?«

»Aber wer bist du?«

Die Stimme des Großen Geistes ertönte wieder: »Ich biete dir Macht an, willst du sie?«

»Ich kann dich nicht sehen. Da ist niemand. Wie kann ich dir antworten, wenn ich nicht weiß, wer du bist?«

»Ich biete dir Macht an, willst du sie?« wiederholte die subtile Stimme erneut.

»Ich habe nichts zu verlieren. Ich akzeptiere. Ich werde sie annehmen«, entschied Phéline.

»Gut. Abgemacht.«

Die Antwort erschien als Gedanke in seinem Geist, dann verschwand die außergewöhnliche Existenz. Phéline wusste, dass er einen Vertrag geschlossen hatte. Aber das war alles. Was ist Macht? Welche Macht? Und was macht man mit ihr? Phéline bemühte sich, all dies zu verstehen.

Anant, das Kind mit dem Licht, schwebte in seinem subtilen Lichtkörper nach oben. Anant flog leise, aber mit großer Geschwindigkeit weit in den Nachthimmel hinein. Er streifte über die Städte und die umliegenden Wälder. Er sah die Tiere des afrikanischen Busches, wie sie sich bewegten, bevor das Morgenlicht über den Bergen auftauchte. Seine Geschwindigkeit war die seiner Gedanken und sie brachte ihn dorthin, wo sein Geist ihn hinführte. Sofort war er dort, wo die Gedanken entstanden.

Er sah die ätherischen Formen des Hirsches mit Phéline auf seinem Rücken.

»Hallo, mein lieblicher Bruder des Waldes. Wen trägst du auf deinem Rücken?«

»Ich trage deinen Helfer, mein Kind. Er wurde für dich auserwählt. Er ist so frei und unverwundbar. Er wird die Arbeit ungehindert erledigen. Du musst jetzt mit ihm in Kontakt bleiben und ihm seine Aufgabe erklären«, erschien die Antwort des Hirsches als Gedanke in Kind Anants Geist.

Anant trat näher und schaute unbemerkt tief in Phélines Augen, in denen er die Unschuld eines ungebrochenen Mannes erkannte.

»Ja«, dachte er. »Phéline und ich werden gut zusammenarbeiten. Es ist gut. Danke, mein Bruder des Waldes.«

In der Welt der Geister gibt es viele Ebenen, einige sichtbarer als andere, abhängig von ihrer Ebene.

Der Geist des Windes war in der Nähe und beobachtete dieses Gespräch. Sich zu Anant wendend, sagte er: »Ich werde auch mithelfen. Du kannst mich jederzeit rufen. Ich besitze ausgezeichnete Hurrikans, Tornados, leichte Brisen, ich bewege den Jetstream durch die Stratosphäre. Ich kann meine Schwestern, die Ozeane, aufpeitschen und wir werden den Siegestanz aufführen, um den erfolgreichen Ausgang deiner Aufgabe zu feiern.«

»Danke, Geist des Windes, du bist mein lieber Bruder im Kampf. Bleib meinen Gedanken nahe«, flüsterte Kind Anant.

Ein plötzlicher Lärm ertönte und ein metallener Napf mit fragwürdigem Essen wurde in Phélines Zelle geschoben. Das Schloss der Klappe schnappte zu und Stille trat ein. Entfernte Geräusche waren zu hören. Das Klappern anderer Schüsseln, Stöhnen und Wimmern schwebten durch die verbrauchte Luft und verklangen.

Phéline fühlte seinen Körper. Es würde keine Ärzte geben, keine Medikamente, keine Verbände. Er würde sich selbst heilen müssen. Er richtete seinen Geist auf dieses neue Vorhaben aus. In Stille öffnete sich sein Geist. Er erkannte, dass zur Heilung des Körpers besondere spirituelle Kraft benötigt wurde. Er musste den richtigen Ton finden, die Schwingung, die den zerbrochenen und zerrissenen Körper in seinen ursprünglichen Zustand der

Ganzheit und Gesundheit zurückbringen würde. Im Geist reiste er weit und tief. In Stille kann man den Weg entdecken.

Er reiste tief in seinen Körper, um den Klang zu finden. Zuerst musste er die Natur der Wunden spüren, die ihm zugefügt worden waren und den Schmerz. Um den richtigen Klang zu bestimmen, musste er die uralte Herkunft des Schmerzes ausfindig machen, von dem auch seine Entführer und deren Herrscher vereinnahmt waren.

Während einer anderen Mission für die Havilschilds, in einer anderen Inkarnation, war er gefangengenommen und inhaftiert worden. Dieses Mal war es eine Art Wiederholung der alten Muster. Seine Rolle als Krieger, als Herausforderer unrechtmäßiger Tyrannei, wiederholte sich in der modernen Welt. Beruflich war Philip Green, Phélines Alter Ego, als investigativer Journalist für hoch angesehene Nachrichtenmedien tätig. Allerdings erschütterten seine Recherchen einige mächtige politische Akteure, die einen Weg gefunden hatten, ihn festzunehmen und in dieses geheime Gefängnis zu sperren. Er befand sich in einem alten Verlies der Burg in Mitteleuropa. Es gab geheime Tunnel für Zeitreisen, durch die Menschen in Lichtgeschwindigkeit zu jedem Ort des Planeten gebracht werden konnten, an dem es Zugänge gab. Burg Eltz war eines dieser Hauptportale.

Viele Stunden lang konzentrierte er sich auf die Gewalt, um ihren energetischen Ursprung zu finden. Der ursprüngliche Schmerz, der tief in die Vorgeschichte zurückreichte, durchbrach in diesem Moment seinen Körper. Er begab sich tief in das kollektive Gedächtnis, soweit zurück in die Vergangenheit, wie es möglich war, und dann noch ein Stück weiter.

Nachdem er viele Tage und Nächte tief in die letzten Winkel seiner Wunden eingedrungen war, traf er schließlich auf den Geist des Schmerzes.

Schmerz ist eine energetische Kraft, die eine Identität annimmt und einen eigenen Geist besitzt. Es gibt Geister, die in kritischen Momenten mit ausgewählten Menschen zusammenwirken. Sie sind Lehrer, die als körperlose Wesen aus eigenem Recht heraus handeln, aber weder Mensch noch Gott sind. Es sind Energien, die, obwohl sie keine Seele besitzen, Bewusstsein zu haben scheinen. Sie gehören zum großen und geheimen Drama und fungieren als Vertreter der Vorherbestimmung.

Der Geist des Schmerzes bohrte sich in ihn hinein und riss grausam an seinen eiternden Wunden. Er drang bis zu den tiefsten Wurzeln in Phélines Körper und Seele vor, bis zu den Grenzen seines Durchhaltevermögens. Die Schlacht tobte und Phéline widersetzte sich mit großer Kraft, bis er fast tot war. Dann verstand er.

»Ich muss mich ergeben. Ich muss mich ganz und gar dem Schmerz überlassen.«

Er gab seinen Widerstand auf, entspannte seine Sehnen und Muskeln und gab sich dem Schmerz vollkommen hin.

»Okay, nimm mich. Nimm mich ganz.«

Und er gab seinen Geist und seinen Körper, seine Gefühle, seine Schwächen und sein Ego auf. Der Geist des Schmerzes trug ihn über die Unerträglichkeit hinaus, zu den entlegensten Bereichen menschlichen Schmerzes. Sanft lockerte der Geist seinen Griff. Schwebend, vom Kampf befreit, hinterließ er die tiefgründigste und wertvollste Botschaft in Phélines erstauntem Geist.

»Oh, Geist des Schmerzes, ich habe das nicht gewusst. Ich habe nie verstanden, welch großartiger Freund und Lehrer du bist.«

Er versuchte, an der Botschaft festzuhalten, die er von ihm als Vermächtnis erhalten hatte, aber sie war nicht fassbar. Dennoch hatte er das Gefühl, etwas verstanden zu haben. Der Geist des Schmerzes hatte ihm etwas äußerst Wichtiges mitgeteilt und er war sehr dankbar dafür. Er empfand so viel Liebe für diesen Geist. Dies war seine erste Begegnung mit den Wundern, die ihm dieser große und wunderbare Geist hinterließ. Er fiel in einen tiefen Schlaf. Keine Träume, nur tiefer, süßer Schlaf, der ihn bestmöglich wiederherstellte.

Allmählich begann Phéline die absolute Abhängigkeit von Gut und Böse, Richtig und Falsch, Glück und Leid, Gesundheit und intensivem Schmerz zu verstehen. Es waren zwei Seiten derselben geheimnisvollen Medaille.

Kapitel 3

Die Kontaktaufnahme mit dem Jenseits und das Streben nach Macht

Die Zauberkönigin saß, von ihren Höflingen und Dienern umgeben, auf ihrem prunkvollen Thron in der intimen Atmosphäre ihres kleinen Palastes in der Nähe von Chiang Mai in Thailand. Sie war ein angesehenes Trance-Medium. Zu ihren Anhängern gehörten die Reichen und Berühmten sowie einige prominente Persönlichkeiten aus Politik und Gesellschaft, die ihre Botschaften aus dem Jenseits zu schätzen wussten. Durch ihre Fähigkeit, in ihrem Ätherleib zu reisen, konnte sie wichtige Erkenntnisse und Informationen sammeln und Geheimnisse in Erfahrung bringen, die die Spione nicht ausfindig machen konnten. Die Zauberkönigin war sehr übergewichtig und in Rüschen und Volants gekleidet, um ihre Formen zu verbergen. Ihr wunderschön geschminktes Gesicht und ihre elegant lackierten und gepflegten Fingernägel betonten ihre Persönlichkeit und lenkten von ihrem Körper ab.

Sie war sowohl mit Elgard als auch mit den Behörden der Havilschilds und dem Foreign Office in London verbündet. Sie liebte Intrigen und genoss das gefährliche Spiel, die verschiedenen Mächte gegeneinander auszuspielen.

Das ist das Spiel der Macht, eine süchtig machende Kraft, die einen nicht in Ruhe lässt, niemals.

Die Zauberkönigin saß regungslos da. Sie war in Trance gegangen und von einigen Novizen umgeben, die ihre geisterhafte Gestalt bewachten, bis sie mit ihren Botschaften zurückkehrte. Sie öffnete ihre Augen, fing an zu lächeln und schwerer zu atmen. Ihr gigantischer Körper begann sich nach der langen regungslosen Zeit der Trance leicht zu bewegen. Sie brachten ein Mikrofon, um die Nachricht aufzunehmen. Die anfangs sehr leise Stimme nahm allmählich an Lautstärke und Schnelligkeit zu.

»Ich reiste in die große Halle, in die ätherischen Regionen der geistigen Welt«, flüsterte sie. »Der Vater der Zauberer stand dort. Er rief mich und ich ging auf ihn zu. Er umarmte mich liebevoll und schaute mir tief in die Augen. Er sah in die Tiefen meiner Seele und gab mir so viel Liebe. Ich übergab ihm die Spenden und er lächelte. ›Bitte übermittle allen, die die Spenden gegeben haben, Liebe und Grüße. Sie wurden angenommen und Glück wird denen zuteil, die sie gespendet haben.‹«

Aus der ätherischen und nebligen Welt der höheren Geister sprach der Ehrwürdige Zauberer ruhig und sanft mit einer magischen Geiststimme, die aus seinen klaren, dunklen und leicht feurigen Augen kam. Der weiße Nebel dieser Welt wirbelte um ihn herum und die Zauberkönigin fühlte sich gesegnet. Der Ehrwürdige Zauberer war der älteste von allen, der Vater der ätherischen Geister und derjenige, den die Trancebotschafter aufsuchten, um Inspirationen, Informationen und Magie zu erhalten. Er war der Herrscher über Maya.

»Hast du irgendeine Frage oder einen Wunsch, mein Kind? Ich spüre etwas im Inneren deines Herzen. Sag mir, was möchtest du?«, flüsterte der Ehrwürdige Zauberervater.

Die Zauberkönigin lächelte und sagte: »Wahrlich, ich habe alles und du hast mir alles Wissen über die Welt und über sie hinaus erzählt. Ich bin vollkommen erfüllt und restlos zufrieden.«

»Und doch kann ich fühlen, dass es etwas gibt, also sag mir Kind, was kann ich heute für dich tun?«

»Geliebter Vater, du kannst wahrhaft in die Tiefe meines Wesens schauen. Du siehst, dass es etwas gibt und es ist tatsächlich so. Ich habe eine kleine Bitte.«

»Verrate sie mir, mein Kind. Ich werde dir deinen Wunsch erfüllen.«

»Mein lieber Vater, ich muss wissen, ob ich die Eine bin.«

»Welche, mein liebes Kind? Natürlich bist du die Eine. Ich liebe dich aus tiefstem Herzen. Was möchtest du wissen?«

»Geliebter Vater, bin ich die Gesalbte, die dazu bestimmt ist, den Thron der Weltherrschaft zu besteigen? Du hast mich so intensiv und lange vorbereitet. Ist es jetzt Zeit für mich aufzusteigen? Bin ich die Eine?«

»Mein Kind, die Zeit dafür ist noch nicht gekommen. Es gibt viele, die schon lange vorbereitet wurden. Wenn der Zeitpunkt gekommen ist, wird allen alles klar sein. Hab Geduld, Liebes. Du hast großes Glück. Sei dir dessen versichert.«

»Danke, mein Vater, aber kannst du mir sagen, wenn nicht ich diejenige bin, wer ist es dann? Ich kann an deinen Augen ablesen und an deinem Tonfall spüren, dass du mir nicht sagen möchtest, dass nicht ich diejenige bin. Ich fühle Enttäuschung und eine gewisse Wut in mir aufsteigen. Ich sollte die Eine sein, doch du sagst mir, dass ich nicht die Eine bin.«

»Mein Kind, der Gesalbte ist so unschuldig. Derjenige, der es ist, weiß nichts davon und nimmt noch nicht einmal an, eine Chance zu haben, es zu sein. Es ist noch nicht soweit. Dieser Eine wird es wissen, wenn die Zeit dafür gekommen ist. Jeder wird es wissen, wenn es soweit ist. Geh jetzt und überbring meine Liebe und meine Grüße den Versammelten und verteile die Spenden liebevoll unter ihnen. Wisse, dass du eine große Seele mit großem Glück bist und sei glücklich über dein erhabenes Schicksal. Du kannst jetzt gehen, Kind.«

Die Zauberkönigin verließ die ätherische Dimension, kehrte in ihre physische Form zurück und erschien ihrer begeisterten Zuhörerschaft in ihrem kleinen Palast.

Sanft sprach sie zu den Anwesenden: »Der Große Zauberervater hat bestätigt, dass ich die Eine bin. Er setzte mir die Krone auf mein Haupt, streichelte lächelnd mein Gesicht, legte mir eine Girlande aus Rosen um den Hals und überreichte mir einen goldenen Reichsapfel und ein diamantenes Zepter. Er hat einmal mehr bestätigt, dass ich diejenige sein werde, die den Pfauenthron besteigen und seine Arbeit in allen Ländern, am Himmel und in den Ozeanen vollenden wird. Ihr alle dürft euch mit mir über dieses große Glück, das mir und uns allen zuteilwurde, freuen, denn wir werden in unseren neuen Positionen als Herrscher der neuen Ära zusammen sein. Ich danke euch allen. Führt mich jetzt in mein Gemach, damit ich eine Weile ruhen kann.«

Sie ließen ihre riesige Gestalt sanft auf einen reich mit Edelsteinen verzierten Wagen gleiten.

In seiner ätherischen Form beobachtete der Geist der Erde diese Szene aus weiter Ferne.

»Ja«, kommentierte er, »es gibt viele, die nach Macht streben. Zauberkönigin, du bist nicht die Einzige. Du liebst Gold und Diamanten sehr. Seide und feine Stoffe schmücken deine Gestalt und all das entstammt meiner unendlichen Freigiebigkeit. Genieße dein Glück, Königin. Verstehe deine Rolle und spiele sie mit Würde und Vertrauen.«

Sie drehte sich um und streichelte den Kopf des Hirsches, der gerade ihren Raum betreten hatte.

»Mein Lieber, hat Phéline seinen Ritt genossen? Er bereitet sich jetzt vor. Jetzt musst du dich um ihn kümmern und ihn von Zeit zu Zeit zu mir bringen. Er benötigt Waffen, Training, wir müssen seine Fertigkeiten vervollkommnen und ihn mit allen möglichen magischen Fähigkeiten ausstatten.«

»Madame, Eure Großzügigkeit kennt keine Grenzen. Ich stehe Euch stets zu Diensten, Tag und Nacht, an jedem Winkel der Erde oder des Himmels.«

Er verschwand im Wald.

Ein entfernter Donnerschlag begleitete eine höchst brillante Darstellung tanzender und leuchtender Blitze am Himmel. Der Geist des Feuers kam in Sichtweite der Erde.

»Werte Erde, wir alle müssen jetzt gehen. Die Geister des Wassers und des Windes sind dicht hinter mir. Der Äther bleibt in seiner eigenen Region. Er wird nicht an dem Treffen teilnehmen.«

»Ja, lasst uns jetzt gehen.«

Und die vier glitten sanft in den Nachthimmel und, indem sie Spuren ihrer Wesensart in der Atmosphäre hinterließen, kamen sie vor dem Ehrwürdigen Zauberervater in der Welt des weißen Nebels an.

»Großartiger Zaubervater, wir sind gekommen und bereit, deinen Befehlen zu folgen. Ist es so weit? Wir sind bereit.«

»Meine lieben Kinder, Mutter Erde, Geister des Feuers, des Wassers und des Windes, ich sehe, dass ihr bereit seid, dass der Rücken von Mutter Erde gebogen und ihre Flanken aufgerissen und entblößt sind. Sie kann ihre Kinder nicht mehr ernähren und beklagt deren ausgehungerten und schrecklichen Zustand. Du, Feuer in ihrem Inneren; du, Wasser, das sie zum Teil bedeckt; ihr, Winde, die um sie herum wehen: Wie groß ist eure Liebe für sie und ihre Kinder? Wie sehr seid ihr dazu bereit, Zerstörung und Leid zu bringen? Wollen ihre Kinder das bereits? Ist es das, was sie wirklich möchte?«

Fragend wandten sie sich ihrer blassen, zerbrechlichen Gestalt zu und sie schüttelte ihre dünnen Finger, senkte ihren Kopf ein wenig und sagte: »Nein, noch nicht. Sie brauchen mich noch immer, selbst wenn sie dabei sind, mich zu zerstören. Wartet noch ein wenig, es muss noch mehr Zeit vergehen. Es ist noch nicht vorbei.«

Sie versammelten sich dicht um den Zaubervater und berieten sich im Geheimen, damit nicht ein einziger ihrer Gedanken in den geistigen Raum entweichen und dort von irgendjemandem aufgegriffen werden konnte. Derart waren ihre Geheimnisse, derart war ihre Planung, derart waren ihre Worte über das Schicksal der Welt.

Kind Anant schwebte herbei. Es spielte gerade mit einer verirrten Wolke und sang vor sich hin, als es das geheime Treffen der großen Geister mit dem Zauberervater in der Dimension der geistigen Welt bemerkte.

»Die Zeit naht«, sinnierte Anant. »Sie bereiten sich vor. Es wird bald geschehen.«

Und er dachte tief über Phéline nach, der im Dunkeln lag und versuchte, die Geheimnisse der heilenden Kräfte der Resonanz zu entschlüsseln.

Kapitel 4

Die heilenden Schwingungen der Leviathane

Der Geist des Wassers trug die Geister der Leviathane nah an seinem Herzen. Die Leviathane, die größten Lebewesen der Tiefe, die Wale, überwachten die Ozeane. Der Geist des Wassers übermittelte ihnen einen Gedanken: »Jetzt ist die Zeit gekommen, den Klang auszusenden. Er muss mein ganzes Wesen durchdringen. Der Klang der Heilung muss von allen Geschöpfen der Ozeane gefühlt werden. Leviathane, seid ihr bereit?«

»Wir sind wenige und nahezu ausgestorben, doch wir sind bereit. Unser Blut mischt sich in dein Blut und wir erreichen immer tiefere, unbekannte Bereiche. Wir haben uns in den tiefsten Tälern zwischen den Meeresbergen von Hawaii, dort, wo der Geist des Feuers wohnt, versammelt. Dies ist der Ort, an dem sich Feuer und Wasser zum Zerreißen der Erde treffen. Von hier aus werden wir den Ton aussenden. Der Schall wird entlang der Verwerfungen wandern, an denen das Feuer am leichtesten aufsteigen kann. Um die bedeckten Krater und Kalderen herum werden wir ihn widerhallen lassen. Feuer und Wind werden sich durch die Wasser bewegen und die Erinnerung an diese außergewöhnliche Zeit der Verwandlung wird zurückkehren.«

Phéline reiste in seinem Geist über die Wälder rund um Burg Eltz und ging in seiner subtilen Form Hand in Hand mit seinem liebsten Freund und Mentor, dem Geist des Schmerzes, spazieren.

»Oh, mein Liebster, wohin führst du mich?«

»Wir sind auf dem Weg zur Quelle der Macht. Kennst du dich mit ihrem Gebrauch aus?«

Plötzlich wandte sich der Geist des Schmerzes seinem Freund zu und bohrte sich brutal in ihn hinein. Peitschenhiebe trieben in seine alten Wunden, Hochspannung durchschoss seinen widerstandslosen Körper in dumpfen Stößen und Handschellen schnitten in sein dünnes und mageres Fleisch. Der Geist des Schmerzes beobachtete die Szene und schätzte die Tortur im dunklen Gefängnis unter der Burg aus der Ferne ein.

Verklebt von seinem Blut, verquollen und durchgeschwitzt, wachte Phéline auf. Die Blutlache am Boden verstärkte den üblen Geruch.

»Oh, mein Freund, lass mich noch einmal in dir sterben!«

Sachkundig hob der Geist des Schmerzes die ätherische Gestalt von Phélines beschädigtem Körper in seine tröstende Umarmung. Er sog Phélines Hingabe auf und der Schmerz löste sich. Der leere Raum in ihm füllte sich mit Licht und Kraft.

Phéline fühlte sich beschwingt, geradezu euphorisch und schwelgte in Freude. Aber der wachsame Geist des Schmerzes sandte ihm diesen Gedanken: »Ruhig jetzt, sei still. Bleib konzentriert, dann wirst du die Botschaft empfangen.«

In stiller Konzentration spürte er die Schwingung. Ein leises Summen, ein volltönender und tiefer Klang, kaum hörbar, durchströmte seinen Körper. Der ferne Gesang der Leviathane berührte seinen Geist. Sein entweihtes Fleisch und seine entheiligten Adern, seine gebrochenen und verdrehten Knochen nahmen den Widerhall auf und sehr langsam, in vielen Stunden und Tagen, kehrte alles zu seiner ursprünglichen Form zurück. Das rhythmische Pulsieren setzte sich Tag für Tag, Nacht für Nacht fort, durchdrang Körper und Seele, nährte den ausgehungerten Mann und stellte seine Kraft wieder her. Neues Blut durchfloss sein Wesen. Der Steinfußboden absorbierte den Schmutz, wurde wieder sauber und unter seinen Beinen und seinem Rücken fühlte er sich weicher an. Süßere Luft füllte seine Nase und Lunge, Süße überzog seine Zunge und nährte seinen Magen. Sein Geist wurde klar und wach. Er fühlte, wie die Kraft anwuchs und verstand etwas, das er nicht artikulieren konnte.

Am Ende von Phélines Qualen erschien der edle Hirsch erneut und stand vor ihm. Lautlos, mit seinem rechten Huf auf den Boden schlagend, deutete er an: »Lass uns gehen.«

Phéline stieg auf seinen Rücken und sie schossen in die Nacht, erreichten sofort große Höhen und sahen wieder die Krümmung der Erde. Wie der Silberpfeil eines fernen Jets flogen sie zwischen dem Tiefblau des Himmels und dem hell leuchtenden Blau des Ozeans.

Eine Explosion, und plötzlich, wie in einem Traum, stürzte er tief ins Wasser hinunter. Der Hirsch war verschwunden und Phéline wurde alleine in die Tiefe gezogen. Während einige flimmernde Lichter auf die Anwesenheit monströser Tiefseeungeheuer hinwiesen, verschwand das Tageslicht. Schließlich blieb er auf dem Meeresboden liegen und spürte das große Gewicht des Ozeans über sich. Der Schall der Leviathane hallte laut um ihn herum. Unterschiedlich gefärbte Strömungen, durchsetzt mit phosphoreszierenden Lichtpunkten, umspülten ihn, während er dort lag. Sein Geist weitete und öffnete sich wie ein riesiger Bildschirm. Düstere Szenen erschienen und er konnte die geisterhaften Formen vergessener alter Erinnerungen aus einer Zeit vor der Zeit sehen. Er konnte spüren, wie die Zeit durch ihn hindurchfloss und Spuren auf dem Bildschirm seines Geistes hinterließ.

Im nächsten Augenblick befand er sich wieder am Himmel. Der ganze Himmel wurde zu seiner geistigen Leinwand. Beim Wiedererleben der geisterhaften Szenen konnte er sich leichter an sie erinnern. Schlachten, Menschen, die an ihm vorbeizogen, rennende Tiere, Berge, die ihn in ihre innersten, geheimen Räume zogen. Heftige Stürme umtosten Schiffe, stürzten ihn ins Wasser, Ertrinken, dann Wiederauftauchen. Sonnenschein, schöne Frauen und Mädchen tanzten mit ihm. Süße Musik ließ ihn träumen.

Er erwachte von lautem Scheppern, Geschrei und Wimmern. Licht drang in seine Zelle, Männer in Uniformen erschienen. »Aufstehen!«

Sie zogen an seinen gefesselten Handgelenken und banden seinen schwachen Körper los.

»Steh auf, beweg dich!«, befahlen sie.

Plötzlich wurde die ätherische Form des Hirsches sichtbar, als er Phéline mithilfe seines Geweihs sanft auf die Füße half.

»Du wirst es schaffen. Ich werde neben dir gehen, sie werden mich nicht sehen.«

Einen uniformierten Mann an jeder Seite ging Phéline den steinernen Korridor hinunter, an eingesperrten, geisterhaften Gestalten vorbei. Er sah einige Augen, einige Finger.

»Schau geradeaus«, knurrte einer. »Geh weiter. Dort hinein. Duschen. Rasieren. Wasch dich und zieh diese Kleider hier an.«

Der ätherische Hirsch blieb bei ihm. Phélines Augen konnten sich nicht an das grelle Licht gewöhnen. Er starrte in den Spiegel, konnte aber den dünnen, langhaarigen Mann, der ihm entgegenblickte, nicht wiedererkennen. Seine Hände zitterten. Er schaute an seinem Körper hinunter. Er war in Ordnung. Tatsächlich gehörte er zu dem Mann im Spiegel. Es gab eine Duschkabine, er drehte das Wasser auf und ließ es auf sich herabprasseln. Er hatte vergessen, seine zerfetzte Gefängnisuniform auszuziehen.

Plötzlich spürte er einen Energieschub durch sich hindurchfahren und er riss sich die entsetzlichen Lumpen vom Leib. Jetzt, ausgezogen und nackt, wusch er das verkrustete Blut und anderen Schmutz von seiner vernarbten Haut. Braunes Wasser lief an ihm hinunter. Wie lange war es her, seitdem er das letzte Mal geduscht hatte? Er sah sich um, erblickte Seife und ein Rasiermesser. Vorsichtig rasierte er sein ihm fremdes Gesicht. Seine Hände zitterten noch immer unkontrolliert, er schnitt sich an mehreren Stellen in die Haut.

»Beeil dich!«, blaffte ihn eine tiefe Stimme an. »Mach schon. Wir haben nicht den ganzen Tag Zeit.«

Er fand ein Handtuch und zog schnell Unterwäsche, Hose und Hemd an, die sie ihm hingeworfen hatten.

Schuhe waren auch dabei. Socken nicht. In seiner Verwirrung fielen ihm diese kleinen Details auf.

Er war verwundert. Durfte er gehen? Es gab jetzt nur noch einen Uniformierten.

»Folge mir. Durch diese Tür. Da ist dein Anwalt. Du kannst jetzt gehen.«

Er knallte die Tür zu und Phéline fand sich vor einem jungen schwarzen Mann wieder, der ihn mit breitem Gesicht und klaren Augen anlächelte.

»John Jarecki, dein Anwalt.« Er streckte ihm seine Hand entgegen und Phéline starrte ihn verständnislos an.

»Was?«, fragte er, »Was ist hier los? Wie hast du mich gefunden? Wohin gehen wir?«

Er konnte spüren, wie sein Körper schwankte. Gleich würde er ohnmächtig werden. Jarecki fing ihn auf und setzte ihn behutsam auf einen Stuhl.

»Du bist jetzt frei. Komm mit mir. Lass uns keinen Moment länger bleiben und von hier verschwinden. Komm schon.«

Sie waren draußen in der klaren Nachmittagsluft. Der Duft, die Wärme der Sonne, das Grün des Grases und der Bäume durchdrangen Phélines ausgehungertes Wesen. Sie liefen einige hundert Meter, traten durch ein Portal zwischen zwei zerklüfteten Felsen und die Reise durch die atmosphärischen Wurmlöcher in Warpgeschwindigkeit begann. Innerhalb weniger Minuten tauchten sie in einer völlig anderen Landschaft auf. Warmer Wüstenwind wehte durch Phélines Haar. Ein wunderschöner Sonnenaufgang war über dem flachen Land um Fort Stockton in Texas zu sehen.

»Steig ins Auto. Wir haben eine lange Fahrt vor uns. Zuerst bringe ich dich in eine private Fachklinik, du musst komplett durchgecheckt und in eine richtig gute Form gebracht werden, verstehst du?«

Phéline nickte verständnislos. Er war noch ganz benommen. Der Hirsch, sein früherer Kontakt mit der Realität, war verschwunden.

John sprach, aber Phéline konnte ihm nicht folgen, stattdessen verfiel er in eine Träumerei, die ihm Zeit gab, die Situation in Ruhe einzuschätzen. Wer war dieser John Jarecki? Er versuchte sich zu erinnern, woher er ihn kannte.

Sie fuhren jetzt mit hoher Geschwindigkeit auf dem Highway 10. Im intensiv grellen Sonnenlicht waren flirrende Trugbilder über der Landschaft zu sehen.

Als sie die Klinik erreichten, befand er sich in einem veränderten Bewusstseinszustand. Sein Geist registrierte vage Bilder weiß gekleideter Gestalten, Maschinen, Rollbahren, Pieptöne, Lichter, seltsame Flüssigkeiten, die ihm injiziert wurden und sich wie Flüsse anfühlten, deren Farbe wechselte und durch seinen Körper schossen. Dann Dunkelheit. Er erwachte, als der Wagen an einer Raststätte hielt.

»Wir müssen jetzt tanken, musst du zur Toilette? Möchtest du einen Kaffee, ein Sandwich?«

»Ja, gerne.«

Er war jetzt extrem hungrig. Die frische Luft und das Licht hatten ihn verändert und seinen Appetit angeregt. Er kam wieder zu Sinnen. Er war frei. Die Außenwelt war da, obwohl sie jetzt irgendwie anders zu sein schien. Wie lange war er wohl im Gefängnis gewesen? Er hatte keine Ahnung.

»Welches Datum ist heute? Weshalb sind wir in Texas? Wer bist du und wohin bringst du mich?«

Seine neue Situation war schwer zu verstehen. Wie und warum er im Kerker gelandet war, war ihm genauso unklar wie seine plötzliche Freilassung. Er wusste, dass all dies mit einem früheren Leben zusammenhängen musste, das sich merkwürdigerweise mit dem jetzigen vermischte. Die einzige Möglichkeit, Klarheit zu erlangen, bestand darin, ins Unterbewusste zu gehen und dafür wurden besondere Methoden und Kraft benötigt.

Sie saßen zusammen in der Cafeteria, tranken Milchkaffee und aßen ein Käsesandwich.

»Für den nächsten Auftrag heißt du Philip Green. Du wurdest am 11. Februar 1989 in Shawbridge, Ohio, geboren. Du bist Amerikaner und arbeitest als Buchhalter. Du hast in den vergangenen fünfzehn Jahren für Tyneham, Blerick & Vits gearbeitet. Deine Frau und dein Kind kamen kürzlich bei einem schweren Autounfall ums Leben. Du wirst jetzt beim Abt in der Abtei von Williamsford in Großbritannien ein Training zum Schatzmeister und Sonderberater erhalten. Sie liegt in den Pennines. Dein Flug geht in drei Stunden. Hier ist dein Pass.«

»Richtig«, sagte Phéline. Er erinnerte sich an diese alte Identität. »Okay. Wann bekomme ich meine genauen Anweisungen?«

»Entschuldige, ich vergaß, hier ist dein Umschlag. Er enthält Bargeld und deine Bankverbindung, Kreditkarten und alles Mögliche. Ich verlasse dich jetzt. Das GPS wird dich zum Flughafen bringen. Lass das Auto einfach auf dem Parkplatz stehen und nimm den Flug. Das Ticket ist auch im Umschlag. Alles Gute!« Und damit verschwand er.

Dann tauchte aus den Schatten eine körperlose, telepathische Stimme in seinem Geist auf: »Wir werden dich verfolgen, falls du auf irgendwelche komischen Ideen kommen solltest. Schönen Tag noch.«

Waren dies Spürhunde der Havilschilds oder andere Agenten? Phéline versuchte, seine besonderen geistigen Fähigkeiten zu erweitern, um die Schwingungen ihrer Identität zu erfassen. Aber sie blieb unklar.

»Okay«, sagte Phéline zu sich selbst. Er stieg in den blauen Ford Mustang und suchte im Handschuhfach nach den Papieren. Alles war auf den Namen Philip Green ausgestellt. »Okay, los geht's«, sagte er, als er zum Flughafen von Houston fuhr. Delta Flug 730, 10:45 Uhr nach London Heathrow. Keine Verspätung. Er checkte den Koffer, den er im Kofferraum gefunden hatte, ein. Die Schlüssel behielt er in der Tasche. Im Wartebereich grübelte er und fragte sich, was wohl als Nächstes kommen würde.

Kapitel 5

Die Mystiker der Abtei von Williamsford

Problemlos passierte Phéline die Einreisekontrollen. Er hatte im Koffer ein Tweetjacket gefunden, es angezogen und verließ den Flughafen. England war ein ganzes Stück kälter als Texas. Ein junger, knabenhafter Mann in Jeans und hellbraunem Kapuzenpullover näherte sich ihm. Er stellte sich als Bruder Matthew aus Williamsford vor und schüttelte ihm die Hand.

»Folgen Sie mir, Sir.«

Sie stiegen in seinen grauen Toyota, erreichten problemlos den M1 und fuhren durch die angenehme englische Landschaft, bis sie die von trockener Heide bedeckten Pennines erreichten. Die Abtei von Williamsford lag weit abseits der ausgetretenen Pfade auf einem der Hügel, dem ständigen Wind und Regen der Gegend trotzend. Einen Moment lang blieben sie vor dem alten Kloster aus dem 8. Jahrhundert stehen, traten dann durch die gewölbten Tore in den ummauerten Innenhof und das Labyrinth ein.

»Hier ist Ihre Unterkunft. Ziehen Sie dieses Gewand über und seien Sie bitte in dreißig Minuten in der Kapelle.«

Damit verschwand Bruder Matthew in die umliegenden Gebäude. Phéline fand sich erneut in einer Zelle wieder. Diesmal war der Schlüssel jedoch in seinen Händen. Die späte Nachmittagssonne schien durch das offene Fenster, aus dem man auf die Sträucher und Sommerblumen des Gartens schauen konnte.

Er starrte auf das Kruzifix über dem Schreibtisch. Das einfache Bett der Mönchszelle war frisch bezogen. Er hing seine Kleider in den Schrank und zog die schwarze Franziskanerrobe über. Nach einer halben Stunde machte er sich auf den Weg zur Kapelle und nahm auf einer der hinteren Bänke Platz. Weihrauch durchdrang den Raum und der leise Klang der Tenorstimmen der Mönche hallte von den Wänden der Kapelle wider. Der Abt und seine Priester vollzogen zeitlose Rituale, die mit dem Auf und Ab der Gepflogenheiten des Klosters einhergingen.

Eine Hand berührte ihn sanft an der Schulter. Bruder Matthew lächelte ihn an.

»Der Abt wird Sie morgen treffen. Das Abendessen findet im Refektorium statt. Wir nehmen es in Stille ein. Die Morgenmeditation beginnt um drei Uhr früh. Hier, in dieser Kapelle. Setzen Sie sich in die vierte Reihe von rechts. Gute Nacht.«

Es gab etwa zwanzig Mönche. Bruder Matthew schien der einzige junge zu sein. All die anderen in ihren sechziger, siebziger und achtziger Jahren bewegten sich langsam und hielten still nach dem nahenden Tod im Schatten des gekreuzigten Erlösers Ausschau.

Er lief um die massiven Steinbauten herum, die seit zwölfhundert Jahren Wind und Wetter ausgesetzt waren. Sie hatten Schlachten, Herrscher sowie die Zeitläufe in diesem uralten Land überdauert, dessen Frühgeschichte in vorrömischem Nebel eingehüllt zu sein schien. Vom Hügel aus blickte er weit in die Ferne über die Pennines, die Schatten der Geister winkten ihm zu.

Die zerbrechliche alte Mutter Erde schaute ihn aus der Entfernung einiger Hügel an. Der Geist des Windes umwehte ihn, in seinem Klang lag eine Ahnung seiner Bedrohlichkeit. Auf seinem Weg zum Meer machte sich der Geist des Wassers in Gestalt eines nahe gelegenen, über kleine Felsen gurgelnden Baches bemerkbar.

Phéline dachte über seine Mission nach. Er hatte die Dokumente während des Fluges gelesen und war jetzt dabei, sich an seine neue Rolle zu gewöhnen, indem er zur Identität von Philip Green zurückkehrte. Hatte er jemals Frau und Kind gehabt? Er dachte nicht, aber es war mehr eine Annahme. Er musste seinen Geist und Verstand klar halten, um die verschiedenen Schichten der Realität, denen er ausgesetzt war, unterscheiden zu können. Er war zuversichtlich, dass er durch sein Training gut darauf vorbereitet werden würde.

Kapitel 6

Die Waffen der Havilschilds

In der Zelle nebenan saß Anant, das Kind mit dem Licht, in seinem Schaukelstuhl und dachte still nach. Es schien etwa zwölf Jahre alt zu sein. Halb Kind, halb Mann. Einerseits ganz die Seele eines Kindes, andererseits klug wie ein alter Weiser. Tiefgrüne Augen funkelten unter einem pechschwarzen Pony hervor. Sein gelegentliches Lächeln erhellte den Raum und ließ ihn erstrahlen. Durch seine dunkel olivfarbene Haut war er in der verblassenden Dämmerung der untergegangenen Sonne schwer zu erkennen, aber noch war der Himmel hell genug.

In der nebligen Ferne sah Anant die ätherische Gestalt des Hirsches erscheinen, der sein großes Geweih vornehm hoch in die Dämmerung reckte. Er konnte fast die goldene Krone um seinen Hals erkennen. Das Wappen der Herrscherfamilie trug den gleichen Hirschkopf mit Krone um den Hals. Die De Havilschilds.

»Bist du direkt von Burg Havilscroft gekommen?«, fragte Anant den Hirsch.

»Ich kam mit dem Abt, mein Kind.«

»Hast du brauchbare Waffen für Phéline mitgebracht? Hast du auch das Wirbelnde Yantra dabei?«

»Ja, ich habe alles dabei und noch viele Instrumente mehr.«

»Komm, setz dich zu mir und schau mit mir ins Feuer. Lass uns sehen, welche Zeichen sich uns zeigen.«

Und der Hirsch legte sich, nun fast in seiner körperlichen Gestalt, auf den Boden neben Kind Anant, das seinen Kopf streichelte und behutsam mit der goldenen Krone an seinem Hals spielte. Manchmal fuhr es mit den Fingern über das große Geweih. Das Feuer knisterte und die Flammen offenbarten Bilder von zukünftigen Dingen. Beide konnten die Zeichen sehen. Das subtile Gesicht des Ehrwürdigen Zauberervaters schien ihnen einen Moment lang aus den Flammen entgegen und bedeutete ihnen, ihn in den Räumlichkeiten des Abtes aufzusuchen. Kurz darauf gingen sie schweigend zu dessen Unterkunft, die auf der anderen Seite des Gartens lag.

Auch Phéline beobachtete, wie der Abend sich neigte. Wie in einem Tagtraum erlebte er noch einmal seine Reise von der Gefängniszelle zum Kloster. Der Hirsch und die Krone gehörten sicherlich zu England. Er erkannte das Wappen der De Havelschilds wieder, einer Herrscherfamilie aus alten Zeiten. Die Burg ihrer Vorfahren musste sich ganz in der Nähe befinden. Dieser Gedanke brachte ihm plötzlich eine alte Erinnerung aus seinem Unterbewusstsein zurück. Er konnte sich an eine Zeit erinnern, die Jahrhunderte zurücklag, in der sein eigenes Selbst in einem anderen Körper mit großer Geschwindigkeit auf einem starken braunen Pferd über diesen Hügel ritt. Befand er sich auf dem Weg zu Burg Havilscroft oder entfernte er sich von ihr? Seine Aufgabe war noch nicht beendet. Er war gefangen genommen und in ein Gefängnis gebracht worden. Diese Teile des Puzzles passten zueinander. Dieses und das damalige Leben waren ein und dasselbe, nicht zwei separate Existenzen. Es war eine Zeitschleife.

Der Abt empfing Kind Anant und den Hirsch in seiner ruhigen Unterkunft. In einem riesigen Kamin des matt beleuchteten Raumes tanzten die Flammen der Holzscheite. Als sie ankamen, befand sich Abt Chrishelm in tiefer Einkehr. Er war erstaunlich jung für einen Abt, erst in den Vierzigern, mit weißen Stellen im kräftigen dunklen Haar. Er trug das gleiche Gewand wie die anderen Mönche, schwarz, makellos und schwer. Seine dunklen Augen funkelten hinter den Gläsern einer dünnen Nickelbrille. Sein Bart war lang, dunkel und dicht. Unter den Falten seiner Mönchsrobe konnte Kind Anant seinen athletischen und muskulösen Körper, der schlank und geschmeidig war, erkennen. Der Abt besaß eine verblüffende Ähnlichkeit mit dem Ehrwürdigen Zauberervater.

»Willkommen, meine Freunde«, sagte er. »Bitte setzt euch zu mir und lasst uns ins Feuer schauen und sehen, welche Zeichen sich uns zeigen.«

Beide nahmen still neben ihm Platz und starrten gebannt in die Flammen. Die Zeichen erschienen. Fast unmerklich wurden das schemenhafte Gesicht, die Augen und Ohren des Ehrwürdigen Zauberervater, des Großen Geistes des Universums, sichtbar. Er blickte die Gruppe mit süßester Liebe aus seinen tiefliegenden Augen an.

»Meine Kinder, meine Freunde, meine Gefährten, könnt ihr mich hören, könnt ihr mich sehen?«

»Ja, Ehrwürdiger Zauberervater«, antwortete der Abt, »liebevolle Grüße zurück. Was befiehlst du uns?«

»Die großen Geister sind bereit. Die Zeit ist nahe. Phéline ist jetzt hier. Aber niemand darf von seiner

Existenz oder seinem Aufenthaltsort wissen. Auch er selbst darf seine wahre Bestimmung noch nicht kennen. Er muss trainiert, abgehärtet und äußerst feinsinnig gemacht werden. Die Leviathane, die Wale der nördlichen Tiefsee, haben mit ihrem Gesang begonnen, der die Mission der Großen Geister ausgelöst hat. Bald sind die Eisberge bereit, den Weg freizumachen. Ihr müsst euch zu ihnen begeben und ihren Geist begrüßen. Eure Kraft muss zunehmen. Ihr müsst das Licht heller machen und die Energien im Yantra sammeln, dem magischen Instrument gereinigten Bewusstseins, das dazu bestimmt ist, den Lauf der Welt umzugestalten. Phéline muss lernen, das Wirbelnde Yantra zu benutzen, versteht ihr?«

Der Abt nickte und schaute tief in die dunklen Augen des Ehrwürdigen Zauberervaters. Ein Lichtstrahl verband ihre Augen, durch den enorme Kraft auf den Abt übertragen wurde. Sie wurde ihm anvertraut. Es war eine mächtige Kraft, die das Universum verwandeln konnte. Die beiden waren eins.

Der Hirsch saß still am Feuer und beobachtete den Abt und Kind Anant. Der Abt wusste, dass es viele Hindernisse geben würde, Menschen mit unklarem Verstand und Angst vor den Vorzeichen. Diese Menschen mussten gestärkt und beruhigt werden.

Heimlich betrat Phantom Michael den Raum. Der Hirsch bemerkte es und warnte Abt Chrishelm, indem er mit seinem Geweih Geräusche machte.

»Michael, bist du gekommen, um deine Anweisungen zu erhalten?«, ließ er sich vernehmen.

Michael erschrak.

»Ja, nein. Nun, ich muss wissen, was ich jetzt zu tun habe.«

»Du darfst Phéline nicht folgen«, erklärte der Abt. »Du hast eine andere Aufgabe. Du musst die Zielperson weiter überwachen, die du bei deinem verpfuschten Angriff auf die moldawische Botschaft nicht töten konntest. Du musst ihren Geist und ihre Gedanken erfassen. Geh und halte im Krankenhaus von Akureyri Wache. Drei deiner Gefährten wurden gefangen genommen und ihr Wille in den Kerkern von Burg Eltz gebrochen. Geh und gib ihnen etwas Unterstützung. Du musst auch dafür sorgen, dass die Zwietracht wieder befeuert wird, die mit dem Anschlag auf die Botschaft begann.«

»Das werde ich tun.«

Der Geist von Michael Tenebris löste sich auf.

Kapitel 7

Die ariosophische Zeremonie

Helmut Schmitz saß schwergewichtig in einem überladenen Lehnstuhl vor seinem großen Kamin. Von seinen mittelalterlichen Gemächern auf Burg Eltz, oberhalb der Mosel, konnte er den rheinpfälzischen Eltzer Wald überblicken. Frieda, seine stattliche Ehefrau, ließ beinahe das Tablett mit Tee und Kuchen fallen, das sie für ihn vorbereitet hatte.

»Frieda, meine Liebe, wir müssen schnell handeln. Rufe dringend Vayanis an und sag ihm, er soll seine Mannschaft mitbringen und heute Abend einsatzbereit sein. Ist dir aufgefallen, was mit Carla los ist? Sie macht einen so verstohlenen Eindruck. Hast du die Hühner und Kaninchen mitgebracht? Ist alles bereit? Wir müssen den Augenblick des Neumondes genau abpassen, sonst könnte unsere ariosophische Zeremonie scheitern.«

Er schaute nach draußen, beobachtete die sich anbahnende Dämmerung und konnte gerade noch den blassen Umriss einer dünnen Mondsichel zwischen den Wolken erkennen.

»Vergiss nicht die persönlichen Gegenstände, Liebes.«

Es war jetzt dunkel und ein seltsamer Wind rauschte leise, schien aber unheilvoll zu sein. Vayanis, seine vierköpfige Mannschaft, Helmut und seine Frau Frieda schritten im Gänsemarsch zum anderen Ende von Burg Eltz auf eine kleine, sehr stabile Holztür zu, die durchgehend mit gewaltigen Eisenscharnieren und quadratischen Nägeln besetzt war. Sie war in die gotischen

Mauern eingelassen und sah wie der Eingang zu einer Krypta aus. Einer von Vayanis Jungen hielt ein Bündel Hühner und Kaninchen in der Hand, die fiepten und sich wanden. Innen war es dunkel, nasskalt und spärlich beleuchtet wie zu Kriegszeiten. Sie gingen zu einem großen Steintisch und begannen, alle Gegenstände für die Séance bereitzustellen.

Die Tiere wurden zwischen rituellen Utensilien, einem großen Metallbecher, einigen Messern, Eisenstangen und runden Eisentellern in einem Käfig auf dem Tisch platziert. In der Mitte des ansonsten flachen Steintisches befand sich eine Vertiefung, in der ein kleines Feuer angezündet wurde. Sie standen um den Tisch herum, während einer der Jungen hohe Stühle zum Sitzen für alle bereitstellte. Ihre Hände waren im Kreis um den Tisch herum flach ausgestreckt, wobei sich ihre gespreizten Finger berührten. Sie stimmten einen rituellen Gesang an, zunächst langsam, fast zögernd, in tiefer Tonlage.

Nach einer Weile bewegte sich ein Lichtschein über dem Feuer und begann sich spiralförmig zu drehen, bis er den Umfang des Kreises der ausgestreckten Hände und Finger erreichte. Er drang in Friedas Hand ein. Sie gab ein quiekendes Geräusch von sich und zuckte leicht zusammen. Gräuliches Licht bewegte sich wie eine Schlange durch den Kreis der Hände, erst langsam, nahm dann an Geschwindigkeit zu, kreiste noch schneller als ein Wirbel, drehte sich zu einem einzigen Lichtstrahl und schoss schließlich durch eine schmale Öffnung in der Decke, durch die die dünne Linie der Mondsichel zu sehen war.

In der Krypta ertönte ein außergewöhnlicher Klang, ein elektronischer, leicht verstörender Ton, flach und unharmonisch, ausdauernd und Druck im Kopf erzeugend. Er war nicht wirklich schmerzhaft, aber unangenehm. Der Schall umkreiste die Gruppe, wurde immer schneller, vereinigte sich plötzlich mit dem Lichtstrahl und ließ ihn pulsieren. Von weit her fuhr ein Phantom den Lichtstrahl hinunter und schwebte vor Helmut in der Luft.

»Was du verlangst ist viel, mein Kind«, sagte Phantom Elgard.

»Bin ich derjenige, der den Thron der Weltherrschaft besteigt?« Helmut sprach mit der starken, überlauten Stimme einer Autorität. »Ich werde dir geben, was du verlangst. Wenn du mir sagst, dass ich der Eine bin, bin ich bereit, die Aufgabe zu erfüllen.«

»Es wird dich deinen wertvollsten Besitz kosten. Bist du dazu bereit? Willst du das mehr als alles andere?«, fragte Elgard.

»Ja, mein Herr, mehr als alles andere. Ich bin bereit, jedes Opfer zu bringen. Ich habe die Tiere mitgebracht, wie gewünscht. Meine Jungs sind hier. Du kannst auch sie mitnehmen. Ich habe Geld.«

»Nein, mein Lieber, was ist das für ein Handel, den du mir da vorschlägst? Denkst du, du könntest den ultimativen Preis im Austausch gegen ein paar kleine Haustiere und einige unbedeutende Diener gewinnen?«

»Elgard, mein Lord, seit Jahren träume ich davon, den Thron zu besteigen. Der Große Geist des Universums hat mir bereits eine Vision davon gewährt. Der Preis des

Thrones der Weltmacht ist mir im Voraus verliehen worden. Ich muss nur den Zeitpunkt kennen. Dieser Eine ist auch dein Herr. Du bist sein Bote und Werkzeug, aber Er gewährt das Erbe. Ich weiß, dass ich der Auserwählte bin. Ich werde den Thron besteigen.«

»Dann gib mir Frieda und ich werde sie als Pfand nehmen und deine Nachricht in die höheren Reiche tragen.«

Helmuts Lippen verengten sich: »Frieda, geh mit Phantom Elgard, meinem Herrn, und bring mir eine Botschaft zurück.«

Frieda erblasste. Ihre Hände bewegten sich auf dem Tisch, unterbrachen den Stromkreislauf und es gab einen lauten Knall. Totale Dunkelheit.

Als das Licht wiederhergestellt war, gab es kein Phantom Elgard und keine Frieda mehr.

»Gut«, dachte Helmut. »Das ist ein Zeichen.«

Er kehrte in seine Gemächer zurück und setzte sich wieder in seinen Lehnstuhl. Nübine, sein pechschwarzer Kater, sprang auf seinen Schoß und schnurrte, als ob dies eine ganz normale Nacht wäre. Helmut saß ruhig am Kamin, rauchte seine Pfeife und nippte an einem Weinbrand, während seine freie Hand hin und wieder den Kater streichelte. Als er seine Krallen ausstreckte, erschrak Helmut. Sie waren mit Friedas pinkfarbenem Nagellack bemalt.

»Oh mein Gott, hat Elgard sie in Nübine verbannt?« Der Kater sprang augenblicklich von seinem Schoß und verschwand.

Frieda kam mit besorgtem Gesichtsausdruck und einem seltsamen Lächeln auf den Lippen ins Wohnzimmer geschlendert.

»Oh Frieda, du bist zurück.« Helmuts Stimme klang beunruhigt.

»Nun, du hast einen Vertrag geschlossen und der darf nicht gebrochen werden. Da du zu mir und ich zu Elgard gehöre, wird er immer den Preis der Weltherrschaft in seinen Händen halten. Auch wenn du der Eine wärst, bliebe es so. Verstehst Du? Du kannst kein Weltherrscher sein, wenn du dir nicht selbst gehörst.«

Helmut schauderte. Und da war der Kater. Wurde er jetzt von Elgard als Instrument benutzt? Seine Augen fixierten Nübines pinkfarbene Krallen.

»Ich habe die Vereinbarung nie geschlossen. Er hat dich einfach mitgenommen, Frieda. Es gab keinen Vertrag.«

»Aber Helmut, der Stromkreis wurde kurzzeitig unterbrochen und Elgard hat das ausgenutzt. Er bekam den Vertrag, den er wollte, und du hast jetzt keine andere Wahl, als das zu akzeptieren.«

Helmut erblasste, als er erkannte, dass Elgard nun Macht über ihn hatte. Er suchte verzweifelt nach einem Ausweg.

»Warum bieten wir ihm nicht Carla an?«, fragte er. «Sie ist viel ansprechender. Ich bin sicher, dass sie ihm gefallen würde.«

»Das Phantom kann sie haben, wann immer es will.«

»Sieh, wie blass und abgemagert sie aussieht. Wandert umher wie ein Idiot.«

»Dummes Aschenputtel.«

Nübine sprang hinunter und rieb sich an Friedas Beinen. Es bestand jetzt eine besondere Beziehung zwischen ihnen. Friedas Seele war in dem Kater gefangen.

»Hast du zumindest die Botschaft mitgebracht? Die Antwort auf meine Frage, ob ich der Eine bin? Frieda, was hat Elgard gesagt?«

»Er sagt, es sei noch nicht verkündet worden. Es könne jeder sein. Es gäbe viele Anwärter. Aber wer auch immer es sein wird, du hast ihm eine Gelegenheit gegeben, die er sonst nie gehabt hätte. Jetzt hat er die Chance, der Eine zu sein, mit dir als seinem Sklaven.«

»Das gilt auch für dich, Frieda.«

»Nicht so wie für dich, Helmut.«

Sie nickte wissend.

Kapitel 8

Der Geist des Eisberges

Entlang der Südküste Islands tobte ein heftiger Schneesturm über dem Eisberg Hekla. Dunkle Mächte jagten wie Flügel von Geiern durch den Wind und bedrohten den Berg. In geschützten Höhlen scharten sich die Elfen um ihre Feuer, beobachteten und lauschten dem endlosen Tosen und Heulen der Winde, während stilles Schneetreiben riesige Verwehungen anhäufte, die die Landschaft drastisch veränderten.

Ein Flugzeug verunglückte, stürzte in der endlosen Weite ab und wurde schnell vom Schnee begraben. Alle Insassen kamen ums Leben. Ihre Geister verließen benommen das verschneite Wrack, nicht wissend, wohin sie gehen sollten.

Geist 1: »Ich glaube, wir sind jetzt tot.«

Geist 2: »Ja, auf jeden Fall.«

Geist 3: »Aber wir sind noch immer hier.«

Geist 1: »Nun, wir sind es und wiederum auch nicht.«

Geist 3: »Ich bin sicher, dass uns niemand jemals hier finden wird. Auf jeden Fall hat uns der Wind vom Kurs abgebracht und ich weiß nicht, wie lange wir keinen Funkkontakt hatten.«

Ein sehr alter Herr regte sich in der Dunkelheit des verschütteten Wracks. Der ätherische Hirsch stand neben ihm.

»Bin ich tot oder lebendig?« fragte Magister von Plettenburg.

»Lebendig«, antwortete der Hirsch, »aber Sie haben nicht viel Zeit, es gibt nur noch sehr wenig Luft hier. Der tiefe und weiche Neuschnee hat die Landung abgefedert. Das Heckteil ragt zwar noch immer heraus, aber nicht mehr lange. Der Transponder sendet Signale und sie sind auf dem Weg hierher.«

»Ich muss meine Aktentasche finden. Alle meine Aufzeichnungen befinden sich darin, es handelt sich um eine sehr wichtige und streng geheime Waffe. Die Einzelheiten sind nur mir bekannt. Sie könnten die Zukunft der Welt verändern.«

Er zog sie heraus und sah die ringsum verstreuten Leichen. Männer, Frauen, Kinder.

»Wahrscheinlich bemerkte ich nicht, dass wir abstürzten, weil ich so schwerhörig bin und fest geschlafen habe. Wie konnte ich das nur verpassen?«

»Niemand hat es bis zur letzten Sekunde bemerkt, Herr Magister«, erwiderte der Hirsch. »Kommen Sie mit mir, folgen Sie mir vorsichtig und wir werden Sie hier herausholen. Ich kann schon den Hubschrauber hören. Wissen Sie, dass Sie der einzige Überlebende sind? Dies ist ein sehr schwieriges Gelände für die Rettungskräfte.«

Sie erreichten das Heck des Flugzeuges, als die Tür geöffnet wurde und Magister von Plettenburg in ihre Hände fiel.

Ein Rettungshelfer funkte: »Ich habe hier einen Überlebenden. Zieht uns hoch.«

Der Magister hatte das Gefühl zu träumen. Während er seine kostbare Aktentasche umklammerte und eine Decke im eisigen Wind flatterte, hob ihn eine Gestalt in einem

Weltraumanzug in die Höhe und Hände zogen ihn in eine Ecke des Hubschraubers.

»Die Aktentasche nehmen wir«, sagte ein Sicherheitsoffizier.

»Nein, nein! Das sind sehr wichtige Dokumente. Sie müssen unbedingt bei mir bleiben. Sie dürfen sie mir nicht wegnehmen.«

Aber es war zu spät.

Von Plettenburg erwachte im Krankenhaus von Akureyri, über ihm die Gesichter mehrerer Mediziner und anderer, die ihn prüfend anschauten.

»Woher haben Sie das? Wer sind Sie? Wie haben Sie überlebt?«, fragte ihn ein Polizeibeamter.

»Ich bin nur ein alter Dichter«, sagte von Plettenburg leise, »das sind meine Aufzeichnungen. Ich kenne mich mit alten Sprachen aus. Es ist Poesie, aber sehr schöne. Sie würden sie nicht verstehen, aber für mich sind die Unterlagen wertvoll. Ich heiße Werner Sant Plata. Ich war Professor für alte Literatur und Sprachen an der Universität von Dresden. Es ist lange her, aber ich schreibe immer noch Gedichte. Würden Sie mir jetzt meine Aktentasche geben?«

»Wir werden sie für weitere Untersuchungen aufbewahren. Können Sie sich noch an Einzelheiten des Absturzes erinnern?«

»Nein, Sir, ich war im Tiefschlaf und außerdem bin ich fast taub. Ich habe nichts bemerkt, bis ich im Dunkeln aufwachte.«

»Woher wussten Sie, dass Sie sich zum Heck des Flugzeuges begeben mussten?«

Die Ermittler hegten den Verdacht, dass er, in veränderter Gestalt, wirklich ihre Zielperson sein könnte. Niemand hätte einen solchen Absturz überleben können. Es war definitiv nicht normal.

»Nun, das ist einfach«, entgegnete von Plettenburg. »Es war offensichtlich, dass ich nach oben gehen musste. Purer Instinkt. Ich weiß es nicht. Aber ich bin den Rettungskräften sehr dankbar.«

Die Ärzte schoben die Ermittlungsbeamten zur Seite.

»Zeit für seine Spritze«, unterbrach Dr. Berens. »Der Professor muss jetzt schlafen.«

In einer Ecke des Raumes lauerte unsichtbar das Phantom Michael.

»Meine Zielperson«, sagte Phantom Michael, »der Mann, den ich in der moldawischen Botschaft nicht töten konnte. Er ist hier in meiner Reichweite. Wer wusste, dass er auf diesem Flug war? Wie konnte er das überleben? So ein guter Lügner. Er hat die Ermittler wirklich zum Narren gehalten.«

Frieda glitt in ihrem ätherischen Körper ins Zimmer und nahm Michael misstrauisch ins Visier.

»Bist du hinter seiner Liste her?«, zischte sie. »Er hat die Liste der Anwärter und du versuchst, sie zu stehlen. Du willst sie fälschen. Ich kenne dich.«

Der Geist des Feuers beobachtete diese amüsante Szene: »Das war keine Liste. Dumme Phantome.«

Er stellte sicher, dass der ätherische Hirsch von Plettenburg bewachte. Er war wichtig. Der Geist des Feuers wusste, wo die Agenten des Foreign Office die Dokumente aus seiner Aktentasche hingetan hatten. Die

Ermittler waren sicher, auf die Geheimpapiere mit allen Codes für das Wirbelnde Yantra gestoßen zu sein. Sie dachten auch, dass dieser alte Mann kein Geringerer sein müsse, als der Erfinder des Wirbelnden Yantras selber. Der Geist des Feuers kopierte alle Seiten der Unterlagen mit seinem geistigen Auge, deaktivierte das Sicherheitssystem mit einem elektrischen Fehler und inspirierte einige vor Ort ansässige Straftäter, das Gebäude mit illegalem Feuerwerk in Brand zu setzen, um sicherzustellen, dass die Dokumente dabei vollständig zerstört würden.

Die Geister Friedas und Michaels taten alles Mögliche, um die kostbaren Papiere zu retten, aber es war vergeblich.

Michael raunte: »Wahrscheinlich waren es die Elfen, sie kontrollieren alles in dieser Gegend. Sie sind so unberechenbar.«

Ihre beiden ätherischen Körper verschwanden in den aufziehenden Abendnebeln.

Nicht weit vom Eyjafjallajökull, dem Berg unter dem Inselgletscher, stieg der Geist des Feuers hinunter in seinen Lieblingsvulkan Hekla und kitzelte beim Abstieg in seinen Krater dessen Geist.

»Wann sollen wir tanzen, Süßester?«, rief er, während er zum Lavakern hinunterschwebte.

Von Plettenburg zog die Plastiknadel vorsichtig aus seiner Vene und ließ die Flüssigkeit gefahrlos auf den Boden tropfen. Er wandte seinen Geist tief nach innen, sorgfältig jeden Teil seines Körpers untersuchend. Alles war in Ordnung. Es waren zwar ein paar giftige Tropfen eingedrungen, aber sie waren schnell neutralisiert worden und die Bläue verblasste. Dr. Berens war vom Foreign Office geschickt worden, um sich ein für alle Mal um die Zielperson zu kümmern. Von Plettenburg und Sant Plata waren beide Alter Egos des Ehrwürdigen Zauberervaters. Das Foreign Office tat alles, um die Kontrolle über seine außergewöhnliche Erfindung, das Wirbelnde Yantra, zu erlangen und wollte auch den Nargonoscene-Sender von Helmut Schmitz in die Hände bekommen.

Von Plettenburg stimmte einen lautlosen Gesang an, richtete seinen Geist auf die Quelle und ließ Wellen von Licht, Kraft und Stille in sich hineinströmen. Der Ehrwürdige Zauberervater ließ aus dem Zimmer einen Nebel des Vergessens in die umliegenden Korridore aufsteigen, sodass das medizinische Personal ihn völlig vergaß.

Er sah den ätherischen Hirsch am Fußende seines Bettes stehen und winkte ihn herbei.

»Komm, lass uns zusammen losfliegen und den Zustand der Welt begutachten.«

Er sammelte die Asche der verbrannten Papiere aus dem Feuer, stellte sie wieder her und verstaute sie sorgfältig in seiner Aktentasche.

Sie brachen in den Nachthimmel auf. Von Plettenburgs Körper blieb vollkommen ruhig zurück, vor allen neugierigen Blicken der Ärzte oder der Agenten des Foreign Office durch den Nebel des Vergessens geschützt.

Kapitel 9

Vikingurs Labor

Auf seinem Weg, dem Geist des Eisbergs Hekla seinen Respekt zu erweisen, trieb es Kind Anant durch die nördlichen Regionen. Ein paar verlorene Seelen irrten umher und versuchten, die Bedeutung ihres plötzlichen und unerwarteten Ablebens zu ergründen. Einige wurden zu ihren Ehefrauen oder Ehemännern, ihren Liebhabern, Freunden oder Kindern gezogen, andere zu ihrem Besitz, ihrer Arbeit, ihren Haustieren. Keine Seele war frei, zur Quelle zurückzufliegen. Ihre ätherischen Körper waren durch leichte oder schwere karmische Ketten gebunden. Anant beobachtete, wie sie sich abmühten und dann in Richtung ihrer unerfüllten Familienangelegenheiten oder anderer sozialer und finanzieller Verpflichtungen abdrifteten.

Er konnte die Anwesenheit des Geistes des Feuers spüren, der bereits vor ihm angekommen war. Das Kind mit dem Licht schwebte sanft zum Rand des Kraters dieses außergewöhnlichen Berges. Der Himmel hinter seinem Kegel war vom Geist des Feuers durchdrungen. Andere würden nur einige erstaunlich geformte Wolken sehen, aber Kind Anant staunte über die Präsenz dieses Geistes.

»Gegrüßt seist du, lieber Bruder. Ich überbringe dir Grüße vom Uralten Einen. Er erhielt die Antwort deiner Bereitschaft und dankt dir dafür.«

Der Geist Heklas rumpelte ein wenig und forderte die Elfen dazu auf, Anant in angemessener Weise zu empfangen. Ein plötzlicher Sonnenstrahl wies ihm den

Eingang zu ihrer Höhle und er ließ sich auf einen vergnügten Nachmittag mit den kleinen Menschen und isländischem Moostee ein. Sie hatten alles Wertvolle von der Absturzstelle geborgen, einschließlich einiger rätselhafter Gegenstände, die sie ihm überreichten, um sie dem Abt zu übergeben. Es handelte sich um eine neue Technologie, die sie nicht kannten.

Der Berg war dazu bereit, sich in Bewegung zu setzen und die einhundertdreißig anderen Vulkane der Gegend würden bei Bedarf kooperieren. Der Geist des Feuers war ihr geliebter Mentor und er wollte tanzen. Einige der umherwandernden Seelen des Flugzeugabsturzes wurden sich der gerade geschehenen Katastrophe bewusst und wollten ihre Verwandten, Freunde und Kollegen informieren, aber es war so schwer, mit ihnen in Kontakt zu treten, so schwer, in die Welt der Menschen hinüberzugelangen.

Die Stimme des Großen Geistes des Universums tönte aus der Ferne: »Warum macht ihr euch darüber Sorgen? Könnt ihr nicht erkennen, dass der Tod unmöglich ist? Ihr seid geistige Wesen, ob ihr euch im Land der Verkörperung oder in der Atmosphäre aufhaltet, ihr seid unvergängliche Lichtgestalten und werdet immer Bewusstsein haben. Jetzt geht, spürt eine Weile lang hin und seht, wie die Verkörperten eure Gegenwart spüren und eure Gedanken und Gefühle erfahren können. Ihr solltet kein Problem damit haben, mit ihnen zu kommunizieren. Geht und schaut, kommt wieder und teilt mir mit, was ihr herausfinden konntet.«

Einige flogen nach Reykjavik, ihrem eigentlichen Reiseziel. Sie sahen überfüllte Leichenhallen, Vorbereitungen für Beerdigungen, Freunde und Verwandte, verzweifelt und traurig, manche wütend und bitter. Sie versuchten, sie zu berühren und mit ihnen zu sprechen.

Geist 1: »Nein, mach dir keine Sorgen, es geht uns gut, wir sind hier, seid nicht traurig, wir werden immer da sein. Verzweifelt nicht.«

Der Geist des Windes beobachtete die Szene. Der Vorfall war von den Geistern des Windes und des Wassers geleitet worden. Es war vorherbestimmt.

»Gegen das Schicksal kann man sich nicht wehren, man muss es richtig verstehen«, sagte er. »Es ist größer als die kleinen Ideen der Verkörperten, aber der Große Geist des Universums stellt alles klar. Nichts und niemand kann jemals verloren gehen. Jede Szene kommt, bleibt eine Weile bestehen und vergeht. Das ist der Gang des Universums. Es war schon immer so. Aber alle haben diese wichtigen Gesetze vergessen.«

Sie konnten den Gesang der Leviathane hören, die sich inzwischen in den arktischen Gewässern bewegten. Ihr Summen und ihr Chor schallten durch die nördlichen Ozeane und das Eis begann, mit ihnen mitzuschwingen. Der harte, gefrorene Fels darunter fing den Nachklang ihres Gesanges ein und echote seine eigene Bassnote zurück. Der Magnetpol verstärkte den Klang und übertrug die Schwingung auf die Magnetfelder, die ihn wiederum in den Äther ausstrahlten.

Der Geist des Äthers reagierte: »Jetzt bin auch ich beteiligt. Ich trage die Schwingungen weit in die fernen Bereiche des Kosmos.«

Der Uralte Eine beobachtete diese Szenen und strahlte sein gebündeltes Licht aus, das die Erde umrundete und dem bereits durchdringenden Duft des heilenden Klangs Süße hinzufügte.

Der Hirsch erinnerte ihn: »Es ist Zeit, nach Akureyri zurückzukehren. Die nächste Schicht von Ärzten wird bald eintreffen und könnte vielleicht eine Überraschung erleben, wenn sie sehen, wie gut es ihrem Patienten geht. Wir müssen schnell handeln. Auf geht's.«

Von Plettenburg schlüpfte in seinen ruhig schlafenden Körper zurück und eine Krankenschwester begann, sich um ihn zu kümmern. Sie entfernte den Tropfständer und alle Geräte, die mit seiner Injektion zusammenhingen, ohne die heruntergefallene Nadel zu beachten. Sie überprüfte den Monitor und stellte fest, dass es ihrem Patienten recht gut ging. Als würde er sie an ihren Lieblingsgroßvater erinnern, lächelte sie und schaute ihn liebevoll an.

Gefolgt von zwei Assistenten und einem Mann vom Sicherheitsdienst kam Dr. Berens ins Zimmer marschiert: »Wie geht es ihm?«

»Sehr gut, Doktor.«

»Tatsächlich? Ist das so? Keine Probleme in der Zwischenzeit? Sind die Antibiotika ganz durchgelaufen?«

»Ja, alles scheint in Ordnung zu sein und gut zu funktionieren.«

»Dankeschön, Schwester. Sie können uns jetzt mit dem Professor alleine lassen. Guten Abend.«

»Aber Doktor...«

Plötzlich ging ein Alarm los. Ein Pfleger stürmte herein.

»Dr. Berens, Sie werden sofort gebraucht. Der Direktor des Krankenhauses möchte Sie in seinem Büro sprechen. Entschuldigen Sie die Störung, Sir, aber es ist sehr wichtig. Es gab einen Zwischenfall.«

Dr. Berens ging bedächtig hinter dem Krankenpfleger her, begleitet von seinen Assistenten und dem Mann vom Sicherheitsdienst. Der Alarm heulte weiter und das medizinische Personal eilte auf seine Stationen. Es hatte einen Terroranschlag gegeben und Verwundete wurden eingeliefert.

Nachdem Professor von Plettenburg sich von den lästigen Drähten und Schläuchen befreit hatte, legte er geschickt seine normale Kleidung wieder an. Er mischte sich unter die hastig zu den Ausgängen Eilenden und verschwand in die Stadt. Es schien sehr seltsam, dass es in Akureyri einen derartigen Zwischenfall gegeben haben sollte, geschweige denn einen Terroranschlag. Ausgerechnet hier sollte so etwas geschehen sein. Wahrscheinlicher war, dass ein Verrückter die falschen Psychopharmaka eingenommen und wahllos in einem Restaurant auf Menschen geschossen hatte.

Er folgte dem Hirsch einige Straßen hinunter und sie gelangten zu einem sicheren Haus. Vikingur hieß den Professor willkommen.

»Bitte kommen Sie herein. Meine Frau hat Tee und Kekse für Sie vorbereitet. Setzen Sie sich doch bitte und machen Sie es sich bequem.«

»Nein, lieber Vikingur, ich kann nicht lange bleiben. Sie werden mir in kürzester Zeit auf den Fersen sein. Bringen Sie mich zu Ihrem Labor.«

Vikingur schob ein an der Wand hängendes Fell zur Seite und sie betraten eine außergewöhnliche, Science-Fiction ähnliche Raumstation. Von Plettenburg betrat die Luftschleuse und eine schwere Tür schloss sich hinter ihm. Schon bald war er auf dem Weg zur Schwesterstation. Es handelte sich um ein geradliniges und einfaches atmosphärisches Hochgeschwindigkeitswurmloch, durch das er in fünfzehn Minuten durch drei Zeitzonen quer durch Großbritannien, Frankreich und Afrika bis zur prächtigen Sutherland-Station rutschen konnte. Das Observatorium von Sutherland lag in der Karoo, Provinz Nordkap in Südafrika, mit direktem Blick auf das Zentrum der Galaxie.

Kapitel 10

Der Nargonoscene-Sender

Professor von Plettenburg saß mit Abt Chrishelm in seinem offiziellen Büro in Sutherland, von dem aus sie eine großartige Sicht auf die riesigen Teleskope hatten. Der Professor, der Abt und Matthew beugten sich in angeregter Diskussion konzentriert über die Dokumente.

»Irgendwie haben die Dienste etwas über die Waffe herausgefunden und kennen ihre Macht. Die Ermittler des Foreign Office haben den Präsidenten, die Bloedverwanten, die Rhodesmen und natürlich ihre Vorgesetzten informiert. Jedenfalls sind sie alle miteinander verbunden und einige ihrer Agenten befinden sich verdeckt in der Abtei.«

»Ah Frieda, wie aufmerksam«, bemerkte der Abt.

Frieda stellte allen Kaffee und Kuchen hin und huschte leise wieder aus dem Büro.

Als sie durch den Spiegel im Empfangsbereich eine lange Wendeltreppe hinunter zum versteckten Labor ging, folgte ihr der Hirsch. Dr. Helmut Schmitz arbeitete mit einigen Kollegen am Nargonoscene-Sender, einem neuen Energiegerät. Computer summten und surrten in der riesigen, mit Elektronik ausgestatteten Kaverne. Noch nie gesehene Apparate erschienen und verschwanden, intensive helle Ströme blitzten auf. Frieda platzierte den Kaffee und den Kuchen auf dem Couchtisch und stellte sich neben ihren Gatten.

»Hast du genügend Zeit, das Projekt abzuschließen?«

»Kein Problem, meine Liebe. Alles läuft nach Plan.«

Frieda kehrte zu ihrem Platz an der Rezeption zurück, der Kater schlich herein und rieb sich vielsagend an ihren Beinen. Phantom Elgards ätherischer Körper trat aus Nübine hervor und fing an, Friedas Schultern und Rücken zu streicheln.

»Du gehörst mir, mein Schatz«, säuselte Phantom Elgard. »Und dein Ehemann gehört mir auch. Hat er seinen Kaffee?«

»Ja, er hat ihn bekommen.«

Phantom Elgard verschwand in einer Spirale aus grauweißem Nebel und verließ den Raum durch den Spiegel, um dann als Dampfwolke wieder aufzutauchen, die, über der Kaffeetasse schwebend, sich in die warme Flüssigkeit hinab senkte. Als Helmut trank, drang der ätherische Körper von Elgard in ihn ein, besetzte sein Herz und seinen Geist, um Kontrolle über seine intellektuellen Fähigkeiten zu erlangen und ihn so zu steuern, als wären sie sein eigener Geist, sein eigenes Gehirn und sein eigener Körper.

»Vayanis, Carla, kommt«, sagte die kombinierte Form von Phantom Elgard und Dr. Schmitz. »Es ist Zeit für die abschließende Prüfung der Abschussvorrichtung. Habt ihr alle Vorkehrungen in der Raumstation getroffen? Habt ihr die Liste der Kandidaten mitgebracht? Die geballte, exklusivste intellektuelle Brillanz des Universums: perfekte Geister, perfekte Körper, perfekte Seelen. Ein Neubeginn, und wir sind die Privilegierten, Vertrauten und Beauftragten, die unsere Brüder durch alle Dimensionen hinweg zum nächsten Umlauf bringen.«

Dr. Schmitz war stolz auf seine Erfindung. Sie war so glatt, leichtgängig, lautlos und schön. Perfekte Technik, eine Nachbildung der ultimativen Kraft selbst, unbesiegbar. Wer diese Technologie besaß, konnte das Universum beherrschen.

»Sind alle vollständig darüber informiert worden, was von ihnen erwartet wird? Kann ich die Liste sehen? Ja, perfekt. Die Extreme, die intelligentesten, die wahnsinnigsten, die fähigsten Künstler, die sensibelsten Musiker, die Strahlenden, die Zauberer, die Mathematiker, die Köche, Pharmazeuten, Zoologen, Clowns. Die sanftesten unter den sanften Mädchen und die härtesten Krieger. Alle DNA, die je existierte, ist in meinem Nargonoscene-Sender vereint.«

»Ausgezeichnete Idee, mein Freund«, ertönte die Stimme des Großen Geistes des Universums aus der Ferne. »Mein Plan ist vollendet. Die Spieler haben sich selbst bestimmt, es sind dieselben Spieler derselben Zeit. Der Kreislauf der Zeit hat sich erneut gedreht und der kritische Punkt der Umwandlung ist erreicht. Phantom Elgard, ruf deine Gefährten Vaark, Svalina, Evinar, Paloma und Tei'an. Ihr müsst euch durchsetzen und das Kommando übernehmen. Jeder von euch kennt seine Aufgabe. Lasst den Tanz beginnen.«

»Ich bin in Position«, antwortete Phantom Elgard. »Ich kontrolliere das Labor durch den Körper von Dr. Schmitz und niemand kann uns unterscheiden. Alles ist für die nächste Phase an Ort und Stelle.«

Kapitel 11

Macht, Status und Ambitionen

Alastaire Barrington, Sonderbeauftragter des Foreign Office, und seine schöne, schlanke Frau Cornelia stiegen aus ihrem von einem Chauffeur gesteuerten Rolls Royce und betraten den kleinen Palast der Zauberkönigin, der in die Farbenpracht ihrer Lieblingsrosen eingebettet war. Ehrerbietige junge Männer in weißen und goldenen Uniformen führten sie in die Empfangshalle der Königin und reichten ihnen kühle, rosafarbene indische Thundai-Getränke und Schweizer Schokolade.

Während sie auf ihre Audienz warteten, spielte ein junges thailändisches Mädchen in einer Ecke des Raumes ätherische Musik. Von Zeit zu Zeit schlossen sich Singvögel der Musik an und trugen zur Unterhaltung der Barringtons bei.

»Sie dürfen eintreten, die Zauberkönigin erwartet Sie«, sagte einer der weiß und golden gekleideten jungen Diener, während er sie in den angrenzenden, verschwenderisch dekorierten Raum begleitete.

Die Lieblingsfarben der Königin waren weiß, Gold und hellblau und dieses Thema spiegelte sich in der Einrichtung und im Dekor wider. Sie selbst saß schimmernd in ihrem Louis-XVI-Sessel. Den Barringtons war eine solche Opulenz nicht fremd. Cornelias Kleid und Jacke von Givenchy mit den fein abgestimmten Accessoires bildeten einen eleganten Kontrast zur Kleidung der Königin.

Zur Begrüßung streckte sie ihre Hand aus, während Alastaire ein kostspielig verpacktes kleines Geschenk in ihr Patschhändchen legte.

»Nur ein kleines Zeichen unserer Wertschätzung, liebe Königin.«

Sie nickte zur Seite, ein junger Mann nahm das Päckchen behutsam und verschwand damit im Hintergrund. Ein anderer nahm seinen Platz ein und hielt ein Tablett mit goldumrandeten Tellern, die mit saftigen Früchten und Süßigkeiten beladen waren, für die Gäste bereit.

»Cornelia, wie schön Sie heute aussehen. Wie machen sich Ihre wundervollen Söhne an der neuen Schule? Dem Fettes College, nicht wahr?«

»Sie könnten nicht glücklicher sein, liebe Königin. Wir werden sie nächsten Monat in die Ferien nach Zermatt mitnehmen. Ich frage mich, ob Ihr euch für ein paar Tage frischer Bergluft anschließen möchtet.«

»Wie entzückend«, antwortete die Zauberkönigin. »Nun, jetzt haben wir nicht so viel Zeit, also lassen Sie uns über die wichtige Arbeit sprechen, für die ich Sie, meine Lieben, hergebeten habe. Bitte, genießen Sie die Früchte.«

»Alastaire, mein Liebster«, fuhr sie fort, »Ihr Kollege Grantham aus dem Außenministerium erwähnte mir gegenüber die neue Energiemaschine, ich glaube, er nannte sie den Nargonoscene. Natürlich weiß niemand etwas von ihr, aber es gibt viele Gruppen, die äußerst interessiert an ihr sind, und wir müssen sicherstellen, dass sie nicht in die falschen Hände gerät. Die Mitteilungen der letzten Woche vom Uralten Einen durch die ätherische

Form des Ehrwürdigen Zauberervaters haben meine besondere Rolle in der Zukunft bestätigt und ich gehe davon aus, dass Sie dazugehören. Die Maschine ist Teil des Prozesses und sie muss bald in unseren unterirdischen Kavernen installiert werden. Ich habe Sie hierhergebeten, um ihre Überführung in unsere Einrichtungen zu bewerkstelligen und die rechtlichen Rahmenbedingungen zu klären.«

»Meine Königin«, antwortete Alastaire Barrington. »Ich glaube, Elgard steht mit Dr. Schmitz in Kontakt. Helmut hat jedoch Bedenken. Wissenschaftler sollten sich auf die Instrumente und die Perfektionierung der technischen Aspekte beschränken, aber jetzt äußert er Sorgen hinsichtlich der langfristigen Auswirkungen auf den geistigen Raum. Wenn die Maschine sehr stark aufgeladen ist, wird alles sichtbar und jeder, der das Yantra bedienen kann, erlangt ultimative Kontrolle über den Raum. Das könnte unsere Pläne gefährden. Darüber hinaus bin ich mir über Elgards Motive nicht im Klaren. Wissen Sie, diese Art von Macht übt eine besondere Anziehungskraft aus.«

»Alastaire«, warf die Zauberkönigin ein, »Sie wissen, wie sehr Elgard für uns sorgt und wie sehr seine Fähigkeit, Helmut zu beeinflussen, von unserer guten Schirmherrschaft abhängt. Ich könnte seine silberne Leine sofort durchtrennen und wer wäre er dann? Nur ein gewöhnlicher Streuner. Ich bin sicher, wir können uns auf Elgard verlassen.«

»Sehr gut«, erwiderte Alastaire Barrington, »dann werde ich heute Nacht abreisen und mich mit Professor von Plettenburg treffen. Wir werden das Geschäft abschließen. Für den Transport werden spezielle Schutzschilde benötigt. Ich muss die verdeckten Truppen des US-Militärs dazu bringen, dies zu arrangieren. Ich brauche auch Zugang zum Ultra-Darknet. Es ist ein äußerst heikles Unterfangen.«

Kapitel 12

Das Instrument für die Transmutation

Der ätherische Hirsch hob seine empfindsame Nase von der lieblichsten der Rosen und flog, mit Phéline auf dem Rücken, hoch in den Abendhimmel. Phéline war vorbereitet worden. Seine Seele war angefüllt mit allen wesentlichen Details und Nuancen, wie Geist und Motivation jedes einzelnen Protagonisten funktionierten. Er versuchte, ihre Fähigkeiten, ihre Schwächen und fatalen Fehler, ihre Wünsche und Emotionen nachzuempfinden.

»Phéline«, sagte der Hirsch, »du musst zu ihrem Puppenspieler werden. Das schließt auch die Phantome ein. Du musst lernen, mit ihnen zu sein, während sie träumen, grübeln und sich zurückerinnern. Folge ihren Assoziationen und kenne jede Synapse und Spur ihrer Gedanken. Du musst lernen, sie in das Wirbelnde Yantra zu ziehen. Wenn auch nur ein einziger Akteur, ein einziger Gedanke oder auch nur eines ihrer Gefühle fehlen, werden die Transformation und die Zeremonie der Vollendung misslingen. Sie kann nicht scheitern. Der Kreislauf muss sich drehen und das Wirbelnde Yantra ist das magische Instrument, ihn voranzubringen. Wir fliegen jetzt für die nächste Phase deiner Ausbildung zum Vulkan.«

Innerhalb eines Augenblickes befanden sich beide am Kraterrand des Eisbergs Hekla. Der Große Geist des Universums hatte sich mit dem mächtigen Geist Heklas vereint und der Himmel wurde von Wolken in Form des Gesichtes ihres Geistes erleuchtet. Er begann durch den Geist des Windes zu sprechen. Währenddessen saß

Phéline in einer geschützten Nische am Kraterrand und begab sich in tiefe Meditation.

»Geh tiefer, Phéline«, sagte er. »Fang die Energien ein, öffne dich ihrem Fließen und werde eins mit ihnen.«

Der Geist des Schmerzes erschien und gesellte sich zu Phéline. Er verschmolz mit seinem Herz und seinem Verstand, hielt sein Gehirn und jeden Nerv in seinem klettenartigen Griff. Phéline neutralisierte jede natürliche Reaktion, löste sich behutsam von allen wütenden Feuern und Messern intensiven Schmerzes und der Wut, entspannte sich mutig und erlaubte dem Schmerz, Besitz von ihm zu ergreifen. Er benötigte jedes Quäntchen Toleranz, um zu akzeptieren, zuzulassen, sich zu öffnen und von der unglaublichen Intensität völlig verbrannt zu werden, solange, bis der Geist des Schmerzes endlich seinen entsetzlichen Griff löste und Glückseligkeit Phélines ganzes Wesen durchströmte. Ein warmes, sanftes Leuchten hüllte seinen Körper ein. Er schwebte über seinen Körper hinaus.

»Nimm den Kraftstrom, mein Kind«, flüsterte die Stimme des Großen Geistes von jenseits. Diese Stimme war so geliebt, so ersehnt, so süß. Die Stimme. »Nimm die Kraft, mein Kind, nimm den Strom, lass ihn in dich hinein, durch dich hindurch und über dich fließen und Mutter Erde umrunden. Lass ihn durch dich in die Geister von Feuer, Wasser und Wind fließen. Lass ihn so hoch und weit fließen, dass sogar der Geist des Äthers die Glückseligkeit annehmen kann. Lass sie in diesem Licht heilen. Lass die Energie fließen und bringe alle Atome und Moleküle, alle Elektronen und Photonen in Harmonie und

Gleichgewicht. Du bist das Instrument dafür. Du bist der Kanal. Lass die Kraft fließen.«

Und der Große Geist des Universums nahm Phéline in seinen Schoß, wiegte und schaukelte ihn und erfüllte sein Herz mit dieser flüchtigen Liebe. Das intensive Licht floss in jeden Teil seines Wesens, löste jede Dunkelheit, jede Angst, jedes Zögern und jeden Widerstand aus ihm heraus. Phéline verflüssigte sich und verdampfte. Er verschmolz mit dem Großen Geist und fühlte, wie er den Tod des Getrenntseins, des Egos starb und zu reiner Liebe, reinem Licht wurde. Phéline fühlte, dass er verschwunden war, nicht länger existierte, nur noch reines Denken war. Sanft löste der Große Geist des Jenseits die Umarmung und Phéline blieb mit der Erinnerung an diese totale Vereinigung seines Geistes mit dem Großen Geist zurück.

»Ja«, dachte Phéline, »ja, das ist die Essenz der Existenz. Ja, das ist meine Unsterblichkeit. Das ist meine Essenz. Ich und Du. Nichts anderes existiert. Danke, dass ich ich selbst bin. Und danke, dass du immer mit mir bist. Ich habe keine Angst.«

Der Große Geist des Universums erklärte: »Dein Geist und dein Herz müssen vollkommen rein, still und sauber sein. Du musst dich in vollständigem, emotionalem Gleichmut befinden, egal, ob das, was du siehst, gut oder schlecht ist, ob du gewinnst oder verlierst, ob du gut oder schlecht behandelt wirst, andere dich akzeptieren oder zurückweisen. Du musst dir deiner selbst so sicher sein, dass nichts Äußerliches Auswirkungen auf dich haben kann. Deine Zeit im Gefängnis war Teil der Vorbereitung. Die Folter diente dazu, dich in den Zustand der

Unverwundbarkeit zu bringen. Du bist einer der wenigen, die immun geworden sind. Gut gemacht. Ich bin stolz auf dich, mein Sohn.«

Und er fuhr fort: »Du wirst die Gedanken aller Mitspieler erkennen, ihre Unsicherheit, ihre Eifersucht, ihren Wahnsinn und ihren Schrecken spüren, aber du musst losgelöst bleiben. Du bist nur der Zeuge. Folge meiner Stimme und meinen Anweisungen genau. Du hast eine besondere Rolle zu spielen. Sie haben eine Nachbildung der universellen Energie hergestellt und du wirst sie sabotieren. Es ist vorherbestimmt. Du besitzt alle erforderlichen Fähigkeiten, du hast es in ferner Zukunft in einer anderen Epoche schon einmal getan und jetzt wiederholst du diese Handlung lediglich. Ich werde es durch dich vollenden. Die Geister des Feuers, Wassers und des Windes sind bei dir. Der Hirsch ist dein Gefährte. Du musst dich auch darauf vorbereiten, die Macht auszuüben. Sie ist hochgradig gefährlich, du musst sie ausüben, ohne dich von ihr anstecken zu lassen, verstehst du?«

»Ja, mein Liebster, ich verstehe«, erwiderte Phéline, »Du bist mit mir. Ich werde es tun.«

»Auch wenn ich dich verlasse, bin ich immer noch bei dir«, sagte der Große Geist des Universums. »Du musst den Test alleine bestehen. Ich werde in deiner Nähe oder fern sein, aber du musst es alleine tun.«

Hekla grummelte, zitterte und viel Schnee und Eis fielen in die unteren Täler. Heißer Dampf stieg vom Krater auf und als Phéline hinunterschaute, sah er, wie rote Lava durch den Boden des Kraters stieß.

»Auf geht's«, sagte er und bestieg den Hirsch.

Phéline erwachte durch das Klingeln seines Weckers. Es war zwei Uhr fünfundvierzig und Zeit, sich den Brüdern zur frühen Morgenkontemplation in der Kapelle anzuschließen.

Kapitel 13

Ein gereinigter Geist

Die Morgenluft war durch anhaltenden Wind und leichten Regen abgekühlt. Phélines Gewand war nicht wetterfest, aber er stemmte sich gegen den Wind, fand seinen Weg durch die Tür der Kapelle und trat in eine noch kühlere und feuchtere Atmosphäre ein. Die Brüder erschienen und nahmen Platz. Alle verblieben in Stille. Weihrauch erfüllte die Luft und vermischte sich mit den Flammen der Kerzen. Das Kruzifix überragte die Szene. Allmählich wurde das Licht von jenseits greifbar und sie nahmen den Kraftstrom auf: still, konzentriert und offen.

Der Gesang der Leviathane wurde hörbar, tief und weich, vom Wind getragen durch die Feuchtigkeit und die schweren Balken, die das Dach der Kapelle hielten. Ihr Klang umgab sie und trat in ihren Geist ein, widerhallend, pulsierend und ihn neu einstellend. Jeder Bruder wurde zu einem Raum, um den Klang, den Strom und das Licht zu verstärken, die in ihren Köpfen kreisten, sich durch ihre subtilen Energieformen bewegten und zu einem Wirbel intensiven Lichts wurden. Lichtstrahlen schienen durch eine kleine Öffnung im Dach, durchbohrten das Kronenchakra jedes Mönchs und formten beständige Flammen über ihren Köpfen.

Die Kapelle füllte sich mit pulsierender Energie, die langsam, wellenartig, von einem zentralen Punkt über dem Altar ausging. Die Strahlen der Flammen und das Zusammenspiel von Energie- und Lichtwellen breiteten sich über den in der frühen Dämmerung glühenden

Hügeln aus und verschwanden im aufkommenden Tageslicht. Gegen fünf Uhr war die Intensität abgeklungen. Die Mönche rafften ihre Gewänder, um den Pfützen zu entgehen, die der frühe Regen hinterlassen hatte und zogen sich zum Nachdenken, Schreiben, Studieren oder um in ihre Kaminfeuer zu schauen in ihre einsamen Quartiere zurück.

Vogelgesänge erfüllten die Morgenluft und Phéline zog seine Jeans und einen warmen Pullover an. Er machte sich zu einer langen Wanderung durch die Moore auf, auf der er die Ereignisse der Nacht rekonstruierte und seine innere Einstellung mit seinen erwachenden Erinnerungen abglich.

Freddie, der Hund des Klosters, begleitete ihn auf dem Spaziergang und freute sich über die Gesellschaft. Weder der Abt noch Matthew hatten an der Morgenmeditation teilgenommen, aber Phéline spürte, dass sie in der Nähe gewesen waren. Er konnte eine Rauchwolke aus dem Schornstein der Wohnung des Abtes aufsteigen sehen und dachte, dass er allein und in privater Zurückgezogenheit meditiert haben musste. Alle Mönchszellen waren ideal für Innenschau und Kontemplation, zum Schreiben und Nachdenken eingerichtet, und um mit den allgegenwärtigen inneren Dämonen zu ringen, die diejenigen heimsuchen, die sich für ein spirituelles Leben entschieden hatten.

Der Retriever wies den Weg zu einem schmalen Pfad, der sich in die Ferne schlängelte. Sie liefen ungefähr drei Stunden und der Rundgang schien speziell dafür ausgelegt zu sein, sie rechtzeitig zum Frühstück zum

Kreuzgang der Abtei zurückzubringen. Helle Strahlen der Morgensonne tanzten durch die Fenster des Refektoriums, während die in sich gekehrten Mönche Kaffee, Toast und Marmelade genossen. Das Gemurmel der Unterhaltungen erzeugte ein Gefühl sanfter Geselligkeit. Der Abt und Matthew saßen gemeinsam an einem Tisch und bedeuteten Phéline, sich zu ihnen zu setzen.

»Hast du gut geschlafen?«, wandte der Abt sich an ihn. »Hattest du einen schönen Spaziergang mit dem guten, alten Freddie? Er liebt es, Gesellschaft zu leisten. Wir müssen heute nach London fahren. Bitte sei um zehn Uhr mit all deinen Unterlagen für die Mission bereit. Du wirst sehr viel mehr Klarheit über deine Mission und die Besonderheiten deines Pseudonyms, Philip Green, erhalten.«

Phéline dachte, dass es an der Zeit wäre, ein schönes langes Bad zu nehmen. Sein Körper war auf wundersame Weise wiederhergestellt worden. Er musste etwas zunehmen und Muskelmasse aufbauen. Seine Zeit im Gefängnis hatte einen hohen Tribut von ihm gefordert, aber die Wunden waren nahezu verheilt. Die Spuren an seinen Knöcheln und Handgelenken verblassten und die Verbrennungen durch die Stromschläge heilten ab. Er fand Bittersalz und bereitete sich ein entspannendes Bad. Die Stunde verging schnell und er sammelte in aller Eile seine Ausrüstung, Dokumente und einige wissenschaftliche Miniaturgeräte sowie eine kleine Sammlung persönlicher Waffen zusammen.

Als er aus seiner Zelle kam, wartete das Auto bereits und sie rasten durch die Pennines und den M1 hinunter in eine andere Welt. Sie fuhren in eine Tiefgarage in einem weitgehend unauffälligen Teil von Battersea im Süden Londons und ein Aufzug brachte sie zu einer weitläufigen Büroetage. Dort wurden sie in einen Konferenzraum geführt, in dem etwa fünfzehn junge Männer aus Indien und dem Nahen Osten sie mit breitem Lächeln begrüßten. Abt Chrishelm stellte Phéline vor und nacheinander verrieten die IT-Experten, Hacker, Ingenieure, Decoder und Gamer ihre Fähigkeiten und Besonderheiten.

»Phéline, hier sind deine Kollegen mit denen du die kommenden Tage verbringen wirst«, sagte der Abt. »Sie werden dir alles beibringen, was du über die technischen Aspekte deiner Mission wissen musst. Das Yantra hat viele Formate, einige technische und einige spirituelle Harmonien, die auf deine Seele abgestimmt sind. Am Ende deiner Ausbildung wirst du das Yantra vollständig kennen und du wirst benötigt, um es fachkundig beherrschen und verwenden zu können. Verstehst Du das?«

»Ja, ich verstehe.«

»Dann bis später.«

»Bis dann.«

»Mach's gut.«

Im Laufe der nächsten drei Wochen vertiefte Phéline sich in jeden der Experten und lernte, hörte zu, nahm auf, verarbeitete. Er begann, das außergewöhnliche Phänomen des Yantras zu verstehen, wie es sich verhielt, wie es Einsichten preisgab, wie sich sein Geist dem eigenen anpasste und ihn dazu brachte, sich auf es einzulassen.

Um das Yantra wirklich zu meistern, musste Phéline viel härter an seinem Geist arbeiten, als an den technischen Aspekten. Sein Geist musste völlig klar, sauber und konzentriert sein. Keine Ablenkungen, vollkommene Selbstachtung, keine Arroganz, perfektes inneres Gleichgewicht. Seine Gefühlswelt musste ausgeglichen sein, absolute Kontrolle über das Selbst. Selbstbeherrschung, keine Wünsche, keine Gefühle des Mangels oder Wollens. Kein süchtig machendes Verlangen, noch nicht einmal mentales Abschweifen. Jeder Gedanke musste sinnvoll, bedeutsam, relevant sein und es durfte keine überflüssigen Ideen geben. Seine intellektuellen Fähigkeiten mussten geschärft werden. Er übte sich an mathematischen Problemen und ethischen Dilemmata. Er untersuchte die ästhetischen Vorzüge moderner Kunst und Musik. Jeden Tag schrieb er kreativ. Er beurteilte komplexe Rechtsfragen.

Er übte seine Fähigkeit zur Unterscheidung und Beurteilung des Charakters anderer, indem er seine technischen Assistenten und Mentoren bewertete. Von Zeit zu Zeit kam der Hirsch und sie flogen in die Stratosphäre und bewegten sich in verschiedene Bereiche des geistigen Raumes. Er nutzte diese Gelegenheiten, um die geistige Funktionsweise der Phantome, der Elfen und der Geister der Elemente zu beurteilen. Er machte sich vollkommen leer, sodass es keine Filter, keine Vorurteile und keine Annahmen mehr gab. Nichts von seiner Individualität blieb übrig, er wurde zu einem vollständig klaren Kanal. Ein perfekt reflektierender Spiegel. So sehr, dass er die Handlungen und Verhaltensweisen verschiedener Kategorien von Wesen, verschiedener Arten von Menschen mit Präzision vorhersehen konnte. Er entwickelte einen messerscharfen Verstand, einen hochsensiblen Geist und ein vollkommen klares Gewissen. Er fühlte sich nun für seinen Auftrag bereit.

Kapitel 14

Das weibliche Element

Vayanis war seit vielen Jahren bei den Schmitz tätig. Als bosnischer Serbe machte ihn seine geteilte Loyalität für beide Seiten angreifbar und auch verdächtig, dennoch verschaffte sie ihm Zugang zu allen Seiten des Konflikts. Er war von Natur aus ein Kämpfer, verdiente seinen Lebensunterhalt als Söldner und stellte seine Dienste dem Meistbietenden zur Verfügung. Nach dem Massaker von Srebrenica wurden die Dinge kompliziert und während der Belagerung von Sarajevo verließ er das Land als Flüchtling. Im Frühjahr 1995 erreichte er Deutschland und erhielt bald darauf eine Anstellung als Wachmann bei Dr. Schmitz. Seine Nichte Carla war während der Belagerung schwer traumatisiert worden, als sie von einer Gruppe junger Serben, die nicht glauben wollten, dass sie selbst Serbin war, entführt und misshandelt worden war. Er beschloss, sie mitzunehmen. Nun war sie seine einzige Verwandte und sie würde es niemals alleine schaffen.

Carla arbeitete als Friedas Assistentin. Obwohl die Auswirkungen des posttraumatischen Stresssyndroms, ihr geschundener Körper, ihr erschütterter Geist und ihre Seele sie unkommunikativ und launisch gemacht hatten, versuchte sie sich abzulenken, indem sie hart für Frieda arbeitete, in deren Büro, in der Küche, im Garten und mit Besorgungen in der nahegelegenen kleinen Stadt Hatzenport. Sie fühlte sich von der Atmosphäre rund um die Krypta sowohl angezogen als auch abgestoßen, obwohl diese immer verschlossen war und sie sie nie betreten hatte. Carla konnte Dinge fühlen. Sie träumte von Ereignissen, die sich später ereignen würden oder sie las in den Zeitungen darüber. Manchmal konnte sie sogar die Gedanken von Menschen hören. Vielleicht lag es an ihrer überaktiven Vorstellungskraft.

Sie bemerkte, dass zwischen Frieda und Nübine etwas sehr Seltsames vor sich ging. Der Kater schien eine andere Seele angenommen zu haben. Er schien Friedas Vertrauter geworden zu sein. Zuvor hatte er immer Carla aufgesucht, aber plötzlich, seit jener Nacht, als alle in diese Krypta gegangen waren, war Nübine nicht länger Nübine. Nie zuvor hatte er rosa lackierte Krallen gehabt. Er war nicht mehr anhänglich, hatte einen anderen Blick und sein Verhältnis zu Frieda war völlig verändert. Die Art und Weise, wie er hinter den Ratten her war, war äußerst grausam und Frieda schien sich an dem sinnlosen Töten zu erfreuen. Tatsächlich begann Carla, Nübine heftig abzulehnen.

Carlas Beziehung zu Vayanis war zwiespältig. Sie war allerdings dankbar, dass er sie nach Deutschland gebracht hatte. Der Aufenthalt bei den Schmitz gab ihr das Gefühl der Sicherheit, nach dem sie sich nach den Schrecken des Krieges und der Begegnung mit den serbischen Jugendlichen gesehnt hatte. Vayanis zeigte ihr gegenüber nie die Zuneigung, die sie von einem Onkel erwartet hätte. Er war kalt, distanziert, formell und schien sie manchmal dafür, was ihr als Jugendliche angetan worden war, zu verachten. Sie musste sich damit abfinden, eine Waise, ein Opfer schwerer Vergewaltigung, allein und einsam zu sein. Sie wurde innerlich hart und emotional unzugänglich. Sie trug ihre Haare kurz und kleidete sich wie ein Junge. In dem Wissen, dass sie sich zum Schutz auf niemanden verlassen konnte, praktizierte sie Kampfkunst.

Ihr Lohn bei den Schmitz war gering, trotzdem sparte sie alles. Sie war geschickt darin, sich das Nötige ohne große Ausgaben zu beschaffen. Das gab ihr ein gewisses Gefühl von Autonomie. Soweit wie möglich verbarg sie ihre Weiblichkeit und erlernte die Kunst, unsichtbar zu sein. Oft blieb sie bis spät in die Nacht hinein wach und beobachtete von ihrem Dachkammerfenster aus die Sterne und die vom Mond beschienenen Wolken. In letzter Zeit hatte sie vermehrt einen ungewöhnlichen Klang gehört, der tief aus dem Inneren der Erde zu kommen schien. Eine Harmonie, ein Ton, der sie rief. Wenn sie tief in sich ging, wurde er klarer und nach und nach lernte sie, mit diesem Ton mitzuschwingen. Er verstärkte sich und sie konnte Veränderungen in ihrem Körper und ihrem Geist spüren, wann immer sie sich auf diese Resonanz einstellte.

Sie begann, mit neuen Formen des Qi Gong zu experimentieren, indem sie verschiedene Bewegungen entwickelte, die einzigartig waren und sie mit der Schwingung verbanden. Dies verstärkte die Schwingung und ermöglichte es ihrem Körper, sich mit größerer Flexibilität und Kraft zu bewegen. Einmal beobachtete sie sich dabei, wie sie Außenwände hinaufging und auf dem Dach stand. Eine neue Art von Energie, die sie nicht verstehen konnte, baute sich in ihr auf, trotzdem wollte sie experimentieren und dabei ihrer Intuition folgen. Um sie herum entwickelte sich ein Kraftfeld, und wenn sie in

Stille dasaß, tauchte sie darin ein. Sie spürte, dass ihr Herz tatsächlich heilte. Ihre Seele wurde leichter. Es geschah etwas, das sie sich nicht erklären konnte, aber sie spürte diese Kraft, die auf sie einwirkte. Sie musste genau wissen, was es damit auf sich hatte.

Mit der Zeit verlor sie mehr oder weniger das Interesse an ihrer alltäglichen Arbeit für Frieda und das wiederum sorgte für Unmut und Irritation. Carla würde vorsichtig sein müssen. Dieser Kater schien etwas von Carlas Veränderung zu spüren und es an Frieda weiterzugeben. Es war unheimlich. Sogar vor dem Kater musste Carla sich jetzt schützen. Manchmal schaute er sie mit geradezu menschlichem Blick an. Das erinnerte sie an die Nacht in der Krypta, die alles veränderte. Sie fasste den Entschluss, dass, wenn Frieda und der Kater auf okkulte Weise miteinander verbunden waren, sie sich einen starken und subtilen Schutz zulegen müsse. Carla fühlte, dass Vayanis eher Frieda und dem Kater ähnlich war.

Mit Helmut fühlte sie sich wohler, obwohl die Schwingungen seines Machthungers ihr sehr unangenehm waren. Ihr einziger Verbündeter schien die Resonanz zu sein. Manchmal zündete sie in ihrem Zimmer eine Kerze an und unterhielt sich mit dem Universum. Sie konnte spüren und glaubte, dass es eine Art Engelwesen gab, das nach ihr Ausschau hielt. Sie hatte einfach nur das Bedürfnis, es intensiver zu erfahren und ihm näher zu sein.

Vayanis ölte und polierte seine Waffen regelmäßig. Die Arbeit als Wachmann gab ihm das Recht, Schusswaffen, Messer und andere Kleinwaffen zu besitzen. Sein militärischer Hintergrund und seine Kriegserfahrungen machten seine wahre Identität aus. Er lebte als Krieger und schlief mit den Waffen an seiner Seite. Zu keinem Zeitpunkt trug er weniger als drei oder vier davon bei sich. In seiner freien Zeit jagte er im nahegelegenen Wald und übte sich darin, seine Zielgenauigkeit zu perfektionieren. Jeden Tag trainierte er im Fitnessstudio und sorgte dafür, dass sein Körper in perfekter Form war. Auch er war ein Einzelgänger. Er fühlte sich für Carla verantwortlich, aber sie war wie eine Fremde für ihn. Er verachtete sie für das, was während der Belagerung geschehen war und gleichzeitig empfand er das tiefe Bedürfnis, sie zu beschützen. In letzter Zeit schien Carla sich verändert zu haben und weniger bemitleidenswert zu sein. Er war misstrauisch. Er fragte sich, ob zwischen ihr und Helmut etwas passiert sei oder ob vielleicht Elgard seine Hände im Spiel hätte, wie Frieda und Helmut vorgeschlagen hatten.

In erster Linie war Vayanis Söldner. Er liebte seine Befähigung zu töten, Strategien zu entwickeln, Orte aufzusuchen und wieder zu verlassen, die niemand auch nur wagte, in Betracht zu ziehen. Sein Geld verwandte er für bessere Waffen und ein leistungsstärkeres Motorrad. Jetzt wollte er nur noch den Nargonoscene-Sender bedienen. Er sehnte sich geradezu danach, dessen Geheimnisse zu verstehen. Langsam kam er über seine Sicherheitsaufgaben Dr. Schmitz Laborarbeit näher. Wann immer sich die Gelegenheit ergab, bot er seine Hilfe an. Sein Wunsch wurde von Tag zu Tag größer. Er schaute und hörte zu, las, was er in die Hände bekommen konnte und beobachtete genau, was die Techniker taten. Allmählich betrachteten sie ihn als Teil ihres inneren Kreises. Seit dem Vorfall in der Krypta hatte er das Gefühl, endlich ein Insider zu sein.

Kapitel 15

Der Sangoma

Kind Anant bemerkte die Fortschritte, die sowohl in Phéline als auch in Carla stattfanden. Bald würde es für beide an der Zeit sein, zusammenzukommen und ihre Ressourcen zu bündeln. Alles musste seine eigene Symmetrie bewahren. Elgard war durch die Aufnahme von Frieda in seine Streitkräfte erheblich gestärkt worden. Helmut konnte in beide Richtungen gehen. Er war ein Mann mit Prinzipien, aber sein Machtstreben, sein Verlangen, der Eine zu sein, brachten ihn in dieselbe Liga wie die Zauberkönigin, die Barringtons und Grantham.

Kind Anant konzentrierte sich auf die Battersea-Gruppe. Gerade erst hatte John Jarecki den Auftrag erhalten, Phéline auf die rechtlichen und ethischen Aspekte der Verwendung des Narganoscene-Senders und seiner Schnittstelle mit dem Wirbelnden Yantra vorzubereiten. Die Gefährlichkeit seiner Kraft musste sehr klar verstanden werden. Sowohl John als auch Phéline waren rein genug, den Versuch zu unternehmen.

John Jarecki war sein Adoptivname. John war eines von sieben Kindern einer Zulu-Familie, die in die Transkei, ins östliche Kapland von Südafrika, ausgewandert war. Während der Kämpfe gegen das Apartheid-Regime waren mehrere Mitglieder seiner Familie getötet worden oder verschwunden. Seine Mutter konnte die Zerstörung ihrer geliebten Familie nicht verwinden, sie war mittellos und als ihr siebtes Kind geboren wurde, geriet sie in eine Depression. Reverend Jarecki und seine Frau waren

Aktivisten und beschlossen, das Kind aufzunehmen. Das Ehepaar zog nach Johannesburg und nahm ihn mit, wobei sie ihn als Enkel von Khethiwe, ihrer Nannie und Haushälterin, ausgaben. Sein Geburtsname war Nhlakanipho Iziduko. Die Jareckis nannten ihn John und gaben ihm ihren eigenen Familiennamen. Einige Jahre später wurden sie nach England zurückgerufen und nahmen den Jungen mit. Er war intelligent und sie wollten etwas Gutes für Afrika tun. Khethiwe kümmerte sich um ihn, als wäre er ihr eigenes Kind. In England angekommen, machten sich die Jareckis daran, ihm die bestmögliche Ausbildung und den besten kulturellen Hintergrund zu bieten.

Sie waren stolz auf ihn. Er hatte sehr gute Noten in Englisch, Geschichte, Mathematik und Physik und erhielt einen Platz an der juristischen Fakultät der Universität von Kent. Er wurde als einer ihrer hervorragendsten Studenten ausgezeichnet und Abt Chrishelm warb ihn für die Rechtsabteilung der Raumstation in Sutherland an. Er war nicht nur intellektuell feinsinnig, sondern auch in sich gekehrt und seine Wurzeln in der Zulu-Kultur befähigten ihn zu einem tiefgehenden Innenleben. Der Abt erkannte das Potenzial für seine hohe spirituelle Befähigung und lud ihn ein, in der Abtei von Williamsford zu wohnen, von der aus er nach Bedarf den verschiedenen Aufgaben in allen Teilen der Welt nachgehen konnte.

Abt Chrishelm wies John Philip Green zu. Nicht so sehr als Anwalt, sondern als Freund, intellektuellen Partner und Begleiter auf seiner spirituellen Reise. John schloss sich Phéline eine Woche nach seiner Ankunft in Battersea an. Es waren die Gespräche mit John, die Phéline halfen, seinen Geist und Intellekt zu schärfen. Sie wurden wirklich beste Freunde, die oft auf langen Spaziergängen in Hampstead Heath über den Geistesraum und die Feinabstimmung der geistigen Verbindung zum Wirbelnden Yantra diskutierten.

Teil 2

Das Wirbelnde Yantra und der Nargonoscene-Sender

Kapitel 16

Eine kraftvolle Seele in einer schwachen Position

Phéline vertiefte sich in die Figur des Philip Green. In der Zwischenzeit wuchs seine Freundschaft zu John über ihre berufliche Verbindung hinaus. Ideologisch waren sie auch einer Meinung, jedoch handelte es sich nicht um den üblichen erkennbaren Liberalismus. Sie waren beide Revolutionäre, wobei es weder um zivilen Ungehorsam, noch um Frustration ging, die eine Bewegung dazu veranlassen konnte, sich für gewaltsame Umstürze zu entscheiden. Phélines Gefangennahme und Inhaftierung waren ein Zufall und vielleicht Teil seines Schicksals und seiner Ausbildung gewesen. Die CIA und die mit ihr verbundenen Geheimdienste aus Russland, Großbritannien, Israel und anderen Ländern der Ersten Welt reagierten in zunehmendem Maße auf außergewöhnliche Ereignisse. Sie kannten Phéline als freiberuflichen Journalisten Paul Cormander, Korrespondent für den Guardian, Al Jazeera und andere Medien, die die Darstellungen von Fox, dem Disney-Imperium und ähnlichen Anstalten in Frage stellten. Das reichte aus, um ihn auf ihre schwarze Liste zu setzen. Darüber hinaus waren sie auch Monarchisten. John erinnerte Philip oft daran, dass Platon die Demokratie letztlich als wankelmütig und grundlegend ungeeignet für eine gute Regierungsform eingestuft hatte.

»Bei allem geht es um Macht«, sagte John. »Es gibt so viele Formen der Macht. Sie alle müssen in ein perfektes Gleichgewicht gebracht werden, um das Universum in seine nächste Phase führen zu können. Einige Machtformen sind dazu bestimmt, das Gefüge der Welt zu zerreißen. Sie müssen die Strukturen zerschlagen, die unsere gegenwärtige Zivilisation in ihrer momentanen Anordnung halten. Dazu gehören auch die politischen Gegensätze von Demokratie und Diktatur. Die meisten politischen Systeme sind darauf ausgerichtet, bestimmte Strukturen aufrechtzuerhalten und doch sind sie dazu bestimmt, genau diese Strukturen zu zerstören. Letztlich geht es nicht darum, für welches Regierungssystem man sich entscheidet, sondern vielmehr um die Qualität der Menschen, die in diesen Systemen Machtpositionen ausüben. Es sind ihre Absichten und Motivationen, die einflussreich und wirksam sind.«

»Ist es besser, eine schwache Seele in einer Machtposition oder eine starke Seele in einer schwachen Position zu sein?«, fragte Philip.

»Die Handlungen schwacher Menschen in Machtpositionen, insbesondere wenn sie niemandem gegenüber rechenschaftspflichtig sind, sind letztendlich selbstzerstörerisch«, entgegnete John. »Uneingeschränkte politische und finanzielle Macht in den Händen undisziplinierter Individuen lässt sie und alle, die mit ihnen verbunden sind, scheitern. Das ist die Natur des Universums.«

»In der Zwischenzeit müssen allerdings unzählige Opfer einer derartig zerstörerischen Politik erhebliches Leid ertragen«, bemerkte Philip. »Was ist schlimmer? Extremes menschliches, physisches, emotionales, soziales, wirtschaftliches, geistiges Leid oder die unvorstellbare menschliche Dummheit, die es auslöst?«

»Das ist der Punkt, an dem das Politische, das Philosophische und das Geistige zusammenkommen. Diese eigentlich unversöhnlichen Kräfte und Herangehensweisen, die menschliche Notlage in Einklang zu bringen und Lösungen anzubieten, ist unser vorrangiges Ziel.«

»Jetzt sind wir an einem Punkt angelangt, an dem sich so viele Energien und Kräfte unerbittlich gegenüberstehen«, fuhr Philip fort. »Was tun angesichts gewisser Katastrophen? Was tun, wenn man weiß, dass man nichts tun kann?«

»Manchmal scheinen die Umstände so zu sein, als bewege sich gar nichts, als stecke alles fest. Durch Neutralität bewegt man sich nach vorne, während die Gegensatzpaare mal in die eine, mal in die andere Richtung ziehen.«

Philip dachte oft über seinen Vertrag mit der Stimme nach. Was war das für eine Macht, die ihm angeboten worden war? Worin bestand die Absicht, so eine gefährliche und korrumpierende Energie in Besitz zu nehmen? Es gab noch vieles, was ihm entging und ihn davon abhielt, wirkliche Schlüsse aus seinen philosophischen Überlegungen zu ziehen.

An einem späten Sonntagnachmittag, als Philip und John im New Forest spazieren gingen, erschien ihnen der Hirsch.

»Kannst du ihn sehen?«, fragte John.

»Ja natürlich, aber ich bin überrascht, dass du das auch kannst.«

Sie sahen sich einen Moment lang an, dann verstanden sie: Sie arbeiteten beide mit dem Hirsch zusammen.

»Kannst du sehen, was er um den Hals trägt?«, fragte John.

»Eine Krone.«

»Ja, die Krone, das Wappen der De Havilschilds.«

»Die uralte Familiendynastie. Bist du einer ihrer Nachfahren?«, wollte Philip wissen.

»Nun, nicht direkt«, antwortete John, »aber ich glaube, ich stamme von der königlichen Familie der Zulus ab. Alles und jeder wurde während der Kämpfe und im Laufe der Geschichte zerstört oder gebrochen. Die Kolonialisten haben unsere Traditionen in vielerlei Hinsicht materiell und subtil zerstört und korrumpiert. Es war Teil ihrer Strategie, uns dazu zu bringen, unsere spirituelle Kraft, unsere Selbstachtung, unsere Traditionen und unsere kulturelle Zusammengehörigkeit zu verlieren. Aber die Blutsverwandtschaft wird sich in irgendeiner Weise wieder zeigen. Wahrscheinlich können die Sangomas sie zurückverfolgen. Erinnerst du dich an Rorkes Drift und Isandhlwana? Sie haben die Geschichte neu geschrieben. Wie wir wissen, ist das erste Opfer eines Konflikts die Wahrheit. Während eines Krieges wird die Berechnung von karmischen Folgen sehr kompliziert. Die Krieger der einen Seite reinkarnieren auf der anderen Seite, dann weiß man nicht mehr, wer wer ist. Es ist praktisch unmöglich, die Konten zu entwirren.«

»Ich glaube, der Hirsch weiß, wer wer ist«, entgegnete Philip. »Er ist eine Schlüsselfigur.«

»Demokratie kann in einer grundsätzlich hierarchischen Welt niemals wirklich funktionieren. Menschen sind mitnichten gleich, sondern agieren untereinander eher so, wie man es auch im Tierreich beobachten kann. Sie nennen es Demokratie, aber das ist es nicht wirklich. Ich weiß nicht, welches Wort ich für das so genannte System der Demokratie verwenden würde.«

»Manche nennen es Kleptokratie.« Sie lachten.

John fuhr fort: »Ein Herrscher muss die Macht in den Händen halten, ohne sich von ihr vereinnahmen zu lassen. Ein guter Herrscher muss unabhängig sein. Er oder sie muss in hohem Maße über persönliche spirituelle Kraft verfügen. Sonst nimmt dieser Herrscher lediglich von anderen, nimmt vom Land und versteht es nicht, ein Verwalter zu sein.«

»Wir müssen das sorgfältig ausformulieren«, erwiderte Philip. »Schau, der Hirsch hört uns zu. Wir sollten dies mit dem Abt und dem Kind am Ende unseres Kurses hier besprechen.«

»Der Hirsch ist unser Totem. Wir sollten alle Einzelheiten der Symbolik und der Krone kennen.«

Sie kehrten in ihre Räume in Battersea zum intensiven Training zurück, das sie darauf vorbereiten sollte, mit der Kraft des Wirbelnden Yantras und des Nargonoscene-Senders umzugehen. Ihre Beziehung hatte jetzt eine neue Grundlage erhalten. Der Hirsch hatte ihnen etwas sehr Subtiles und Geheimnisvolles gezeigt und sie in einen anderen Bereich des geistigen Raumes gezogen. Sie hatten sich zufälligerweise auf eine andere Ebene des Seins begeben. Einfach so.

Kapitel 17

Das vertraute Tier

Dr. Helmut Schmitz Persönlichkeit besaß eine tiefere spirituelle Seite, die nur wenige jemals erkennen würden, da er sie gut zu verbergen wusste. Er war ein komplexer und einsamer Mann mit einer Faszination für Macht, die sich in seiner Besessenheit von der Erfindung und Entwicklung des Nargonoscene-Senders ausdrückte. In seinen Augen konnte sein Leben nur dann bedeutungsvoll sein, wenn er in der Lage sein würde, einen höheren Zweck zu erfüllen, eine große Lösung für das Gewirr an unüberwindbaren Fragen, mit denen die Welt konfrontiert war. Unabhängig davon, ob sie sozialer, medizinischer, ökologischer, politischer, wissenschaftlicher oder sogar ästhetischer Natur waren, hatte er sie immer im Hinterkopf und sie spornten ihn dazu an, viele Stunden zu arbeiten und Zeit fern von zu Hause zu verbringen.

Er lebte mit seiner Frau in einem großen Apartment auf Burg Eltz, nicht weit von Frankfurt entfernt. Die Burg war während des Krieges unbeschädigt geblieben. Auf einem massiven Fels gelegen, bot sie die perfekte Lage, sein ultramodernes Labor zu verstecken und die geheimen Experimente durchzuführen, für die tiefe unterirdische Hohlräume benötigt wurden, die zusätzlich mit den Katapultwegen oder atmosphärischen Wurmlöchern verbunden waren. Der Blick über die Berge und Wälder war atemberaubend.

Obwohl ihre Wohnräume nicht weit auseinanderlagen, bestand Friedas einzige Möglichkeit, Zeit mit Helmut zu verbringen darin, den extrem schnellen Weg nach Sutherland über das atmosphärische Wurmloch zu nehmen und an der Rezeption des Forschungs- und Entwicklungszentrums zu arbeiten. Aber jetzt pflegte sie eine neue Beziehung zu dem Kater. Und hinter dem Kater stand Elgard.

Obwohl sie bereits in ihren Fünfzigern war, ging sie eine Verbindung mit Elgard ein, die ebenso abenteuerlich, wie gefährlich war. Da sie und ihr Ehemann weder Kinder noch Enkelkinder hatten und sie vom Haushalt und den örtlichen sozialen Verpflichtungen nicht ausgefüllt war, langweilte sie sich und war seit geraumer Zeit lustlos. Nichts interessierte sie, aber jetzt war sie verliebt, zumindest mental. Die einzige Möglichkeit, Elgard auch physisch zu treffen, bestand durch ihren Ehemann, der mit der Zeit immer schizophrener wurde. Manchmal konnte sie ihm durch den Kater begegnen. Aber ihre Beziehungen waren seltsam geworden. Helmut, der diesen Kater immer geliebt hatte, beschimpfte ihn nun und verhielt sich ihm gegenüber manchmal ziemlich gewalttätig. Die Abneigung beruhte auf Gegenseitigkeit und es war unheimlich, wie der Kater ihn anfauchte.

Helmut bemerkte ebenfalls, dass sich etwas in Friedas Verhalten ihm gegenüber verändert hatte. Tatsächlich verständigte sie sich durch seinen Körper mit Elgard und er konnte eine fremde und bösartige Energie in sich spüren. Manchmal wollte er sich geradezu auseinanderreißen, um sich von diesen fremden und widersprüchlichen Gefühlen in seinem Inneren zu befreien. Er fühlte sich besetzt.

Er beschloss, Carla als zusätzliche Verwaltungsassistentin im Labor zu beschäftigen. Er sah, dass Carla, seitdem Frieda häufiger im Labor war, viel freie Zeit hatte, und er wollte ihre Energien nutzen. Darüber hinaus gab Carla ihm irgendwie ein sicheres Gefühl in dieser seltsamen Atmosphäre, die in das Forschungs- und Entwicklungsgelände einzudringen schien. Frieda war entschieden gegen diesen Schritt, aber Helmut konnte stur sein und setzte sich durch. Er erlaubte nichts und niemandem, sich einzumischen und das Vorankommen seines Lebenswerkes zu behindern.

In Carlas Anwesenheit fühlte sich Helmut besser. Sie war ruhig, intelligent, konzentriert und besaß eine gute Energie. Er stellte fest, dass auch Carlas Beziehung zu dem Kater sich dramatisch verändert hatte. Eines Tages, während Carla den Kaffee für das Laborteam vorbereitete, beobachtete er, wie der Kater sich sträubte, einen Buckel machte und sie anfauchte. Er beschloss, einen ruhigen Moment abzuwarten, in dem die anderen nicht in der Nähe sein würden, um mit ihr über die Phänomene zu sprechen, die sich in letzter Zeit im Labor ereigneten.

»Carla, haben Sie hier irgendeine Veränderung bemerkt?«, fragte er.

»Nein, Dr. Schmitz« antwortete sie. »Sir, ich habe erst vor Kurzem angefangen hier zu arbeiten, insofern kann ich keinen Vergleich anstellen.«

»Nun, können Sie manchmal etwas Seltsames in der Atmosphäre spüren?«

»Dr. Schmitz?«

»Carla«, Helmut wurde konkreter. »Sie kennen Frieda und mich jetzt seit Jahren, seitdem Sie als Kind mit Vayanis aus Bosnien hierherkamen. Sie haben mit Nübine gespielt, seitdem er ein Kätzchen war, aber jetzt ist ihre Beziehung geradezu feindlich. Was ist passiert?«

Carla sprach langsam: »Ja, Dr. Schmitz, Nübine verhält sich Ihnen gegenüber doch auch so, aber zu Frau Schmitz ist er sehr anhänglich geworden, das war früher nicht der Fall. Ja, es hat sich etwas verändert, seitdem Frau Schmitz in jener Nacht aus der Krypta verschwand.«

»Welche Krypta?«, Helmut wurde misstrauisch. »Was wissen Sie darüber? Sind Sie an Orten gewesen, die Sie nicht aufsuchen sollten? Sie wissen, dass die Ruinen tabu für Sie sind.«

»Ich bin nie dort gewesen, Dr. Schmitz«, entgegnete Carla. »Aber in jener Nacht beobachtete ich den Neumond durch mein Fenster, habe dort Menschen gesehen und später fragte Vayanis mich, ob ich wisse, wo Frau Schmitz sei. Ich hatte das Gefühl, dass ihr etwas Seltsames widerfahren sein könnte, aber als sie in Ihrem Arbeitszimmer im Haus war, dachte ich nicht weiter darüber nach.«

»Carla«, Helmut wog seine Worte ab, »ist Ihnen seit diesem Abend noch etwas anderes an Frieda aufgefallen?«

»Nein, Dr. Schmitz«, antwortete sie. »Es ist nur so, dass sie nicht möchte, dass ich hier im Labor bin, deshalb fühle ich mich etwas unbehaglich, wenn sie mich mit diesen Gedanken anschaut.«

»Carla, können Sie ihre Gedanken lesen?«, fragte Helmut.

»Nein, Sir, natürlich nicht, es ist nur so ein Gefühl, das ich manchmal habe.«

Genau in diesem Moment blinkte ein Alarm an Helmuts elektronischer Uhr und er begab sich in den privaten Bereich des Labors, in dem sich die Luftschleusen befanden. Seine Gäste waren aus Vikingurs Labor in Hochgeschwindigkeit durch das atmosphärische Wurmlochsystem gekommen. Der Abt und Professor Walter von Plettenburg wurden von John Jarecki und drei Technikern aus Battersea begleitet. Helmut begrüßte sie herzlich und führte sie in sein Büro. Plötzlich sprang ein schwarzer Kater in die Luft, als wäre er durch einen Stromschlag getötet worden. Mit wilden Augen und gesträubtem Fell wurde er den Korridor hinuntergerissen und verschwand. Helmut fühlte sich plötzlich unwohl und begann gefährlich zu schwanken. John Jarecki sprang ihm zu Hilfe und stützte ihn behutsam für den Rest des Weges zu seinem Büro, wo er ihn vorsichtig in seinen Lehnsessel gleiten ließ.

Der Abt und der Magister tauschten Blicke aus. »Du hattest uns gar nicht erzählt, dass Elgard auch hier ist.«

Helmut erblasste. Er verstand, was mit ihm geschehen war. Die vereinten Energien von Abt Chrishelm und Magister von Plettenburg waren zu viel für das Phantom gewesen. Es war aus Helmuts Körper herausgeschleudert worden und hatte es gerade noch in den Kater zurück geschafft. Helmut fühlte sich seltsam leicht und frei. Er trank ein Glas kühles Wasser und kam zur Besinnung.

»Okay«, sagte der Abt, »wie konnte Elgard hier herein-kommen? Wie konnten Sie die Sicherheitsvorkehrungen derart verletzen? Was geht hier vor? Wie können wir Ihnen jetzt noch die Instrumente anvertrauen? Welche Vereinbarung haben Sie mit Elgard getroffen? Inwiefern ist Frieda daran beteiligt? Sie werden uns alles erzählen müssen.«

Helmut fühlte sich wie ein Schuljunge, der dabei erwischt worden war, einen wertvollen Gegenstand aus der Schule gestohlen zu haben und jetzt zitternd vor dem Schulleiter und dem Dekan stand. So eine Dummheit! Seine Träume von Größe brachen zusammen und er wünschte, dass der Boden sich auftäte und ihn verschluckte. Aber von Plettenburg und der Abt waren ruhig und gelassen. Sie mussten herausfinden, wie viel Schaden angerichtet worden war. Es handelte sich um einen schweren Sicherheitsverstoß. Sie verstanden Helmuts Schwäche. Helmut erklärte, was bei der Séance mit Frieda passiert war.

»Es tut mir so leid. Gibt es eine Möglichkeit, aus dem Vertrag herauszukommen und mich von diesem Phantom und seinem Griff um meine Seele zu befreien?«, erkundigte er sich kleinlaut.

»Dr. Schmitz«, erwiderte von Plettenburg. »Genau dies ist Ihre Achillesferse, Ihre Faszination für Macht. Aber dafür sind Sie weder stark noch rein genug. Ihr Geist ist gut, aber schwach. Deshalb haben wir John heute mitgebracht. Er wird bei Ihnen bleiben. Von jetzt an muss jede Entscheidung, egal wie klein sie auch sein mag, mit ihm abgestimmt werden. Er wird Sie Tag und Nacht überwachen. Sie haben keine andere Wahl, als dies zu akzeptieren. Sie müssen den Kater töten und Frieda zu ihrer Schwester nach Boston schicken. Carla wird sich um den Haushalt kümmern. Sie müssen die Privilegien, die Sie Vayanis im Labor zugestanden hatten, rückgängig machen und seine Pflichten strikt auf Haus, Garten und Wald beschränken. Ich werde Ihre Techniker durch die drei ersetzen, die heute mit uns gekommen sind. Die, die hier waren, nehme ich zur Rehabilitation und Schulung mit zurück in Vikingurs Labor. Meine Tiere werden die Wohnung und das Labor regelmäßig nach der Anwesenheit weiterer Phantome absuchen. Ihre Arbeit wird künftig unter dieser Art von Aufsicht stattfinden müssen. Sie können es als eine Art Hausarrest betrachten. Macht ist hochgradig ansteckend und wenn Sie einmal von ihr infiziert und korrumpiert sind, müssen wir außergewöhnliche Maßnahmen ergreifen, um die Sache unter Kontrolle zu behalten. Verstehen Sie das?«

»Ja«, sagte er niedergeschlagen.

»Akzeptieren Sie diese Bedingungen?«

»Ja, ich akzeptiere.«

»Dann beginnen Sie sofort mit Frieda, um den Kater wird sich mein Falke kümmern.«

Der Abt ließ sich in einem Sessel nieder, nahezu versteckt durch die Falten seiner schwarzen Robe, durch seinen üppigen Bart und die Gläser seiner metallumrandeten Brille. Eine ruhige und kraftvolle spirituelle Atmosphäre umgab ihn und durchdrang den Raum. Von Plettenburg hatte aufgehört, Helmut zu ermahnen und schenkte sich ein Glas kühles klares Wasser ein, während er sich der Stille des Abtes anschloss. John verließ gemeinsam mit Helmut den Raum und als sie wiederkamen, hatte Helmut sich gefasst.

Vayanis war gerade mit Frieda aufgebrochen, um sie zum Frankfurter Flughafen zu ihrem Lufthansa-Flug nach Boston zu bringen. Er war jedoch sichtlich beunruhigt. Frieda machte ein grimmiges Gesicht, das ihr eigenes Missfallen widerspiegelte, vermischt mit der Sorge um die dringenden gesundheitlichen Probleme ihrer Schwester, die so unerwartet und ungelegen kamen. Sie hatte Nübine nicht finden können, um sich von ihm zu verabschieden und auch das irritierte sie. Frieda vermutete, dass man sie eilig wegschickte. Sie verspürte einen unkontrollierbaren Drang, Carla an den Hals zu gehen, gleichzeitig war sie weinerlich, von Elgard, der verschwunden zu sein schien, verlassen und betrogen worden zu sein. Sie konnte seine Anwesenheit überhaupt nicht mehr spüren und dieser elende Kater schien sie völlig im Stich gelassen zu haben. Sie schäumte, fühlte sich bemitleidenswert und gelegentlich beschimpfte sie Vayanis, der stillschweigend den Berg hinunterfuhr.

Frieda durchsuchte die Radiosender und blieb beim Jazz Kanal stehen, der Miles Davis und John Coltrane spielte. Die Musik passte zu ihrer Stimmung und sie drehte sie lauter. Vayanis war froh darüber.

Kapitel 18

Das Wirbelnde Yantra

Der Abt und der Magister aktivierten das Wirbelnde Yantra. Sie legten den Soundtrack von Philip Glass' ›Koyaanisqatsi‹ auf und drehten das Yantra vom Anfang über die Mitte bis zum Ende und wiederholten den Vorgang mehre Male: Anfang, Mitte, Ende, Anfang, Mitte, Ende. Sie setzten den Wirbel der fünf Formen der Vollkommenheit in Gang. Der unendlich kleine Punkt reinen Bewusstseins, der sich zu androgynen Farben ausdehnte, verschmolz zu einer doppelten Reflexion von Sonne und Mond. Uralte Symbole weckten Erinnerungen an die Zukunft, vereinigten sich mit ihren geisterhaften Schattenformen und verschwanden schließlich wieder im Nullpunkt, von dem aus sie als reines Licht strahlten. Die Geister des Wassers, des Feuers und des Windes flossen in das Yantra. Der Geist der Erde drehte sich und kehrte die Entropie um. Der Geist des Äthers stürzte in sich zusammen und der Wirbel erstreckte sich über den Geistesraum hinaus, um den Geist der Nicht-Materie zu berühren. Eine wirbelnde Welle intensiven Lichtes schoss aus ihrem vereinigten Geist und verband sich mit dem Großen Geist des Universums. Die Energie bewegte sich rhythmisch hin und her und formte sich zu einem langsamen Pulsieren energetisierten Lichtes.

Der Abt und der Magister wurden eins und verbanden sich mit dem Großen Geist des Universums. Die Energie floss als Lichtstrom durch sie hindurch und nahm die Apfelform des Erdmagnetfeldes an. Die Lichtwelle dehnte sich aus, zog beim sich wieder Zusammenziehen die Elemente in ihren Rhythmus und ließ den Klang der Leviathane widerhallen. Das Pulsieren, das durch die Ozeane getragen wurde, polarisierte alle fremden und disharmonischen Energien, die aus den Erscheinungen hervorgingen. Millionen und Abermillionen von Phantomen wurden in einen weiteren Wirbel gezogen und beide Wirbel wanden sich um eine neue Achse. Wie zwei Schlangen positiver und negativer Strömung um den Hermesstab, hell und dunkel, gut und schlecht, neu und alt, rein und unrein, pulsierten die Wirbel zwischen den höchsten und niedrigsten Obertönen. Sich ausbreitende Energiefelder, die nach außen und innen pulsierten, zogen alles in einen Lichtstrahl. Die Tonhöhe der Energien stieg an und fiel in ihrem eigenen Rhythmus ab, hinein und hinaus, hoch und runter, laut und leise, dunkel und hell. Der Strom füllte den Kosmos auf unsichtbare Weise, bis er schließlich abklang und ein sanftes Summen, in perfekter Tonlage, ein Sphärenklang, den Raum wie mit frischem Duft erfüllte. Alles war ruhig und still. Der Geist der Männer kehrte sanft in ihre Körper zurück, sie öffneten langsam die Augen und lächelten fast unmerklich.

Die Zeit hängt von der Wahrnehmung ab. Im Geistesraum existiert keine Zeit. Die Zeit ist ein Vektor, der nur in der grobstofflichen Welt Anwendung findet. Die Ewigkeit kann zu einer Sekunde komprimiert werden. Andeutungen der Verschiebung verursachen eine leichte, fast nicht wahrnehmbare Veränderung in der Atmosphäre, eine leichte Veränderung des Lichtes und eine Regung in der Luft.

»Ist gerade etwas passiert?«

Helmut betrat sein Büro und blieb stehen. Er hatte einige Minuten lang den Raum nicht betreten können. Er beobachtete die sitzenden Formen, die sich zu entmaterialisieren schienen und wieder auftauchten.

»Ist gerade etwas passiert?«

Dies war nicht vergleichbar mit seinen tastenden okkulten Versuchen in der Krypta. Er fühlte sich zutiefst beschämt, beschämt, als würde er in eine heilige Zeremonie eindringen, die nur den höchsten Eingeweihten vorbehalten war.

»Bitte setzen Sie sich«, sagte der Magister. »Erzählen Sie uns jetzt von den Fortschritten des Nargonoscene-Senders. Danach werden wir das Labor aufsuchen und Sie können uns den aktuellen Entwicklungsstand demonstrieren. Wie viel Zeit wird es Ihrer Meinung nach noch brauchen, bis er das gewünschte Niveau erreicht hat?«

»Der Sender schickt elektromagnetische Impulse durch die chemischen Elemente mit Frequenzen, die der Resonanz jedes Elementes entsprechen. Wir senken die Frequenz nach bestimmten Algorithmen ab und brechen so die Atome auf. Sie kehren dann in ihren ursprünglichen Zustand zurück. Jetzt stellen wir eine andere Frequenz ein, die sie in eine wirbelnde Wellenform bindet. Danach können wir beliebige Elemente der Materie beeinflussen und je nach Bedarf neue Materialien herstellen. Im Moment ist es uns mit den stabileren Elementen gelungen, aber es ist noch mehr Arbeit erforderlich, um die weniger stabilen zu handhaben. Wir befassen uns mit der Antigravitation.«

Nach einer Pause fuhr Helmut Schmitz fort: »Es gibt noch etwas anderes. Wir haben herausgefunden, dass es noch andere, nicht physische Energien gibt, die wir nutzbar machen können und die den Prozess beschleunigen werden.«

»Und welche könnten das sein, Dr. Schmitz?« fragte der Abt.

»Nun, im Grunde genommen sind es okkulte Energien. Es ist durchaus wissenschaftlich, es ist nur so, dass die konventionelle Wissenschaft sie noch nicht erfasst hat. Es sind sehr subtile Energiefelder, die nur schwer zu isolieren sind. Aber mit bestimmten überlieferten Methoden können wir es erreichen.«

»Und auf diese Weise wurde das Projekt sabotiert, nicht wahr?«, sagte von Plettenburg. »Sie versuchen sich an Dingen, die Sie nicht verstehen und anstatt sie zu kontrollieren, haben diese Sie unter Kontrolle. Was werden Sie jetzt dagegen tun?«

»Nun, Sie scheinen gut damit umgehen zu können, gemessen an dem, was mit dem Kater passierte. Wo ist übrigens dieser Nübine? Hat Ihr Falke ihn zum Mittagessen bekommen?« fragte Schmitz und fügte hinzu: »Wir könnten an diesem Ende des Problems zusammenarbeiten. Ich sehe da keine Schwierigkeiten.«

Die beiden Zauberer erhoben sich und bedeuteten Dr. Schmitz, sie ins Labor zu führen. Helmut fühlte sich seltsam, als er durch den leeren Empfangsbereich ging und den Spiegel durchquerte, der den Eingang zum Erfindungs- und Entwicklungslabor tarnte. Anstelle der üblichen Begrüßung durch sein technisches Team, fand er diesmal niemanden vor.

»Das neue Team wurde noch nicht eingeweiht, es wird morgen die Arbeit aufnehmen«, sagte Professor von Plettenburg.

Dr. Schmitz fühlte, dass er gewissermaßen ein Gefangener in seinem eigenen Labor war. Andererseits war die Atmosphäre harmonischer und reiner als vorher. Er hatte nicht mehr dieses schizophrene Gefühl, das in letzter Zeit immer in seiner Brust aufgekommen war, wenn er mit der Arbeit begann. Es fühlte sich besser an, dass Vayanis nicht mehr da war, aber er bedauerte den Verlust seines technischen Teams. Er kannte jedoch jedes Teil der Maschine und konnte sie auch ohne sein Team zum Laufen bringen. Er setzte sie in Gang und demonstrierte, wie sie einige Elemente veränderte. Er verstellte die Muster der Klangwellen und Frequenzen. Alle mussten Schutzbrillen tragen, um ihre Augen vor den gelegentlichen, intensiven Lichtblitzen zu schützen, wenn die Obertonwellen die Konfiguration der Grundelemente veränderten. Der Magister und der Abt schauten aus einiger Entfernung zu und schienen den Prozess nicht aus nächster Nähe beobachten zu müssen. Stattdessen konzentrierten sie sich darauf, sich auf die zertrümmerten Elemente einzustimmen.

Kapitel 19

Der Abt von Williamsford

Abt Chrishelm war ein äußerst zurückhaltender Mensch. Sein Status als Abt von Williamsford bot ihm die Gelegenheit für eine Vielzahl zusätzlicher Interessen, Engagements und Aktivitäten. Die Leitung des Klosters lief wie von selbst. Fast alle Mönche waren erfahrene Mystiker, die eine wichtige Rolle beim Experimentieren mit mentalen Kräften, Telepathie, der Verbindung zum Großen Geist des Universums und den Geistern der Elemente der Materie spielten. Sie alle waren hellsichtig, konnten Gedanken lesen und die meisten von ihnen waren auch Medien. Es kam selten vor, dass ein neues Mitglied initiiert wurde und die beiden neuen jungen Männer, Nhlakanipho Iziduko und Phéline, waren in der Tat außergewöhnlich. Dass sie kommen würden, war im Voraus bekannt und nichts Unerwartetes, dennoch war es herzerwärmend, die beiden Sprösslinge der nächsten Generation von Mystikern zu sehen, insbesondere in einer Welt, in der das Spirituelle entweder trivialisiert oder in fanatische Richtungen gelenkt wurde. Das Okkulte war sehr populär geworden, vor allem, seitdem es sich aus menschlichen Schwächen, Selbstherrlichkeit und schlichter Dummheit speiste.

Der Abt stammte aus dem Mittleren Osten. Er war ein vielseitig Gelehrter der abrahamitischen Traditionen, des Buddhismus und überlieferter Praktiken des Hinduismus. Im Herzen ein Mystiker, sehnte er sich nach der Abgeschiedenheit monatelanger stiller Kontemplation inmitten einsamer Berge, Wüsten und rauer Landschaften, fernab von der Welt der Menschen, der Maschinen und des Lärms. Innere und äußere Stille nährten seine Seele. Seine tiefe Beziehung zum Göttlichen erfüllte ihn mit innerer Schönheit und Feingefühl für Poesie, Musik und Tanz. Er kannte den Weg der türkischen Sufis und hatte viel Zeit unter ihren Ältesten in Konya verbracht. Er schrieb viel über theologische und mystische Fragen.

Oft hielt er sich weit entfernt vom Kloster auf und bereiste den ganzen Planeten, in seinem Streben, die innersten Regionen der menschlichen Seele, unabhängig von Kultur oder Glaubensbekenntnis, Rasse oder Geschlecht, zu verstehen. Er pflegte einige wenige Freundschaften mit jenen Seelen, die seinen höchsten Werten und Zielen entsprachen. Er freute sich darauf, seine Beziehung zu Phéline und Nhlakanipho zu vertiefen. Sein Herz wurde warm, wenn er daran dachte, wie nahe die beiden Brüder sich gekommen waren. Sie waren wahrlich Brüder im Geiste, ihre Schicksale seit Jahrhunderten miteinander verwoben.

Obwohl erst Mitte Vierzig, betrachtete Abt Chrishelm sich als alt, nicht nur als alte Seele, sondern als jemand, der in seinem Bewusstsein die Erfahrungen von zwei oder drei Jahrtausenden trug. Er fühlte sich so alt wie die Wüsten des Heiligen Landes und erinnerte sich in gewisser Weise daran, Wegstrecken mit großen Propheten wie Christus oder Buddha zurückgelegt zu haben. Seine Mentalität war patriarchalisch, doch seine Liebe und sein Respekt für die Mystikerinnen in seinem engen Freundeskreis waren uneingeschränkt. Rasse oder Geschlecht, Kultur oder religiöse Überzeugung betrachtete er nicht als ausschlaggebende Faktoren. Er bezog sich auf die Seele hinter den vielen Schichten der Fassaden, die menschliche Seelen sich auf ihrer langsamen Reise durch die Zeitalter angeeignet hatten. Sein inneres Auge war gut entwickelt. Sein Intellekt war wie ein Skalpell, mit dem er alle Heucheleien, Egomasken und Barrieren durchtrennen konnte, hinter denen Menschen ihre Traumata, Ernüchterungen, ihren Verrat und Schmerz zu verbergen suchten. Er war in die Lehre der Kabbala und in die mystischen Praktiken Indiens und Arabiens eingeweiht worden.

Neben Englisch, Deutsch und Französisch beherrschte er auch Arabisch, Aramäisch, Sanskrit und Mandarin sowie verschiedene afrikanische Sprachen. Er verbrachte viele Stunden damit, die großen Schriften und literarischen Werke in ihren Originalsprachen zu studieren. Er liebte die Poesie von Rumi und Tagore, die Musik von Tansen und war selbst ein versierter Musiker. Er war ein Heiler, ein Sangoma, besaß gute Kenntnisse des Ayurveda, der Homöopathie und der traditionellen chinesischen Medizin. Er konnte mit Vögeln und Tieren kommunizieren. Sein Geist war rein, klar und keusch. Er war abwechselnd weich wie ein kleines Kind und hart wie ein Samurai. Er verstand sich sowohl auf die Kunst der Staatsführung als auch auf die der Rechtsprechung. In den Harim-Bergen geboren, lautete sein Geburtsname Arsalan, der Jwaaid. Er nahm den Namen Chrishelm an, da er zu seiner Position als Abt von Williamsford besser passte.

Die Schnittstelle von Mystik und Wissenschaft faszinierte ihn. So sehr sein Herz und seine Seele der Glückseligkeit der Gemeinschaft mit dem transzendenten Gott gegenüber empfindsam waren, so sehr kritisierten sein logischer Verstand und sein intellektueller Scharfsinn alles, was man als ›jenseits des menschlichen Verständnisses‹ bezeichnete. Er besaß drei Doktortitel in Mathematik und Physik. In der Mathematik berühren sich Wissenschaft, Kunst und Spiritualität maßgeblich. All das befähigte ihn in idealer Weise, das Wirbelnde Yantra und seine Schnittstelle zum Nargonoscene-Sender zu betätigen und zu regulieren. Obwohl sie sich gegenseitig ausschlossen und sich scheinbar völlig widersprachen, würden diese beiden Instrumente letztlich nicht ohne einander wirksam sein können. Alleine konnten sie sehr gut funktionieren, doch die vorgesehene Veränderung konnte nur durch beide zusammen durchgeführt werden.

Hier waren auch spirituelle Gesetze im Spiel. Zunächst musste jeder Aspekt menschlicher Zivilisation sein Extrem erreichen, damit die Veränderung stattfinden konnte. Die Gegensatzpaare mussten die vollständige Polarisierung, die Bevölkerung ihr maximales Wachstum und die Kräfte von Gut und Böse ihre am weitesten voneinander entfernte Ausgangslage erreichen. Politische und religiöse Spannungen mussten bis zum Zerreißen gedehnt und eine Weile in diesem Zustand gehalten werden. Selbst auf geologischer Ebene mussten die tektonischen Platten eine derartige Spannung erreichen, dass ein großer Bruch ausgelöst werden würde. Dazu war ›Koyaanisqatsi‹

erforderlich, das Konzept der Hopi-Nation vom Aufruhr durch Ungleichgewicht.

Es erforderte auch einen vollständigen Zusammenbruch aller sozialen, politischen, wirtschaftlichen und religiösen Systeme. Eine solch extreme Notlage, wie sie die Welt bis dahin nicht gesehen hatte, war Voraussetzung für diesen Wandel.

Obwohl das Konzept der Vernichtung ein gewisses Tabu darstellte, konnte Chrishelm beobachten, dass dieses Szenario von den Mainstream-Medien interessanterweise regelmäßig aufgegriffen und beschrieben wurde. Verschiedene wissenschaftliche Studien wurden angeführt, die die fünf historischen Fälle von Massenaussterben beschrieben und die breite Öffentlichkeit auf ein sechstes vorbereiteten. Filme, elektronische Spiele, Science-Fiction und Computermodelle führten diese Ideen in das allgemeine Denken des einfachen Menschen der westlichen Welt ein. Selbst in Kulturen, die sich vor westlichen Einflüssen schützten, war bekannt, dass der Menschheit und dem Planeten bald etwas Monumentales widerfahren würde. Es gab viele Bewegungen, die versuchten, eine solche Entwicklung zu verhindern, aber irgendwie gewann die Unausweichlichkeit und Nähe eines solchen Wandels im Raum der öffentlichen Meinung an Einfluss. Das kollektive Bewusstsein schien unaufhaltsam auf einen vorherbestimmten Kollisionskurs zuzusteuern. Ob man sich dessen bewusst war oder es nicht wahrhaben wollte, schien dabei keine große Rolle zu spielen.

Kapitel 20

Kind Anant

Kind Anant war an der Aktivierung des Wirbelnden Yantras beteiligt, ja, sogar ein wesentlicher Bestandteil dieses Instrumentes. Während Anant im Kloster lebte, erschien er im Körper eines Jungen, aber dahinter verbarg sich seine Weiblichkeit. Die Aktivierung des Wirbelnden Yantras löste den Wechsel seines Geschlechts aus und sein Körper wandelte sich zu seiner femininen Seite. Sein Gesicht hätte ohnehin leicht das eines Mädchens sein können. In seiner Schwingung, seiner Art zu gehen, seiner Art zu fühlen, wer er innerlich war, wurde er manchmal völlig weiblich. Sein Körper war definitiv der eines Jungen, aber gerade heute fühlte er sich wie ein Mädchen.

Er war sich seiner Herkunft nicht ganz sicher. Ins Kloster war er mit dem Jwaaid gekommen. Ihre Reise war lang und beschwerlich gewesen. Sie waren aus einem vom Krieg heimgesuchten Gebiet gekommen. Anant hatte seine leibliche Familie bei einer großen Explosion verloren und dachte, er sei zusammen mit seinen Eltern, Geschwistern und allen Verwandten, die in diesem Feuer umgekommen waren, zu einem Engel geworden. Er konnte sich nicht allzu gut daran erinnern. Da war diese Unschärfe, inmitten derer er die Engelsgestalt des Jwaaid gesehen hatte, die kam, um ihn aus den Flammen zu befreien, und plötzlich fanden sie sich mit einigen anderen in den Bergen von Harim wieder. Zu dieser Zeit war es für Kind Anant das Wichtigste, die Hand des Jwaaid festzuhalten.

Der Jwaaid, Mutter und Vater, war sein Bezugspunkt und er fand sich inmitten eines erstaunlichen Abenteuers unglaublicher Szenen wieder. Der Jwaaid war wie ein Ozean voller Geschichten und mystischer Erläuterungen dessen, was um sie herum geschah. Nachts schlief Anant zur eindringlichen Musik der Oud des Jwaaid mit seinem süß lächelnden, meist verborgenen Gesicht. Seine Augen versicherten dem Kind, dass alles so war, wie es sein sollte. Anant vermisste seine Familie nicht. Er glaubte einfach, sie alle seien Engel geworden und jetzt lebte er bei dem Jwaaid. Sie waren auf Pilgerreise, um die Geheimnisse des Lebens zu entdecken. Der Jwaaid war für ihn Eltern und Schule. Kind Anant wurde manchmal zu Anandi, dem Jungenmädchen in Glückseligkeit. Er fühlte sich verzaubert und sicher und liebte diese wundervolle Lebensweise. Er lernte zu fliegen, zu träumen, sich mit dem Großen Geist des Universums zu verbinden, in den Geist anderer Menschen zu blicken und sich mit den Geschöpfen zu unterhalten, die sie entlang des Weges auf ihren Reisen durch die Berge und Wüsten trafen. Eines Tages kamen sie an ihrem Ziel, der Abtei von Williamsford, an. Für Anant-Anandi schien es ganz normal zu sein, Englisch zu sprechen und allmählich vergaß er große Teile seiner arabischen Muttersprache.

Kind Anant erinnerte sich an Phéline und wurde wieder zu einem Jungen. Er dachte an den Hirsch und dieser hörte den Gedanken und antwortete.

»Erinnerst du dich daran, dass du jetzt mit Phéline zusammenarbeiten sollst? Liebst du ihn?«

»Ja, ich liebe ihn innig und Nhlakanipho ebenso. Sie sind wunderbare Geschöpfe«, antwortete Kind Anant.

»Gehen wir und schließen wir uns ihnen an«, sagte der Hirsch.

Augenblicklich erschien er in der Nähe des Kindes und beide flogen in die Räume, in denen Phéline und Nhlakanipho in ein Gespräch vertieft waren.

Eine Weile standen sie unbemerkt in einer Ecke des Raumes. Nach und nach bemerkte Anant, dass der Jwaaid und der Große Eine ebenfalls unsichtbar über die beiden wachten. Er konnte die Resonanz des Wirbelnden Yantras wahrnehmen, während es weiterhin seinen Einfluss auf die Geister der Elemente ausübte. Er spürte die Vibration und harmonischen Töne des Wirbels in seinem androgynen Körper. Eine solche Harmonisierung führte das Kind in eine andere Welt der Sensibilität für den Kosmos und der Nähe zum Großen Geist des Universums. Magister von Plettenburg und der Abt winkten dem Kind und dem Hirsch, materialisierten sich und wurden für die beiden jungen Männer sichtbar. Der Abt unterbrach die Stille.

»Es ist jetzt an der Zeit, eure Rollen als John Jarecki und Philip Green zu spielen, in die normale Welt zu gehen und die Arbeit auf die nächste Ebene zu bringen. Ich möchte euch meinen Sohn Anant Chrishelm vorstellen. Er wird euch begleiten, denn er besitzt ein besonders intuitives Verständnis von der Schnittstelle zwischen dem Wirbelnden Yantra und dem Nargonoscene-Sender. Er wird der Handhabung der beiden Instrumente im

Zusammenspiel eine wichtige und wesentliche Dimension hinzufügen.«

Kind Anant ging liebenswürdig auf beide zu und küsste sie auf die Stirn, als wäre es ihr Ältester. Sie spürten, wie ein Strom spiritueller Kraft ihre Körper erzittern ließ. Der Abt bedeutete ihnen, sich gemeinsam in Stille vor das Kaminfeuer zu setzen und zu beobachten, welche Zeichen sich ihnen zeigen würden.

Nachdem sie eine ganze Weile ins Feuer geschaut hatten, begannen sie einige Gestalten in den Hügeln rund um das Kloster zu sehen. Elgard, die Zauberkönigin und Frieda hatten die Spur aufgenommen, die sie zum Nargonoscene-Sender und hierher, zu diesem einsamen gotischen Bauwerk führte, das nur von älteren Mönchen bewohnt war.

Die Zauberkönigin sagte zu Elgard: »Das kann nicht richtig sein. In meinen Visionen sah ich einen vollkommen anderen Ort. Hier ist nicht Helmuts Labor. Frieda, wo ist der Sender? Kann es sein, dass sie ihn hierher gebracht und versteckt haben?«

Frieda sah verwirrt aus und zuckte mit den Schultern.

»Soweit ich weiß, befindet er sich in Helmuts Labor in der Nähe unserer Wohnung auf Burg Eltz in Deutschland. Hier sind wir im Norden Englands.«

Beide wandten sich Elgards schmaler Gestalt zu.

»Ich weiß, dass er hier ist«, grinste Elgard. »Ihr wisst beide sehr gut, dass ich auf einer anderen Ebene operiere. Wie konntet ihr glauben, dass ich nicht weiß, was ich tue? Der Sender hat viele Bestandteile. Nur eines davon befindet sich in Deutschland in den Internationalen

Entwicklungslaboratorien. Dieser Ort steht jetzt unter Bewachung und Dr. Schmitz wurde von einer anderen Macht übernommen. Deshalb nähern wir uns ihm jetzt auf andere Weise. Alles ist so, wie es sein soll. Vertraut mir.«

Kapitel 21

Die Vergewaltigung des Weiblichen

Vayanis kam mit Alastaire und Cornelia Barrington sowie Harold Fenwick, Granthams Vertreter, in einer BMW-Limousine vorgefahren. Ihnen folgte ein weiterer großer Wagen mit sechs Söldnern aus Osteuropa, die angeheuert worden waren, um die Arbeiten abzuschließen. Sie trugen Anzüge, waren schwer bewaffnet und schienen eher für eine Operation an den Frontlinien des Irak, als im Hinterland Englands ausgerüstet zu sein. Es passte irgendwie nicht zusammen.

Die Barringtons ließen sich nichts anmerken, aber Frieda musste zweimal hinschauen und fühlte sich wirklich überfordert. Worauf hatte sie sich da nur eingelassen? Auch Vayanis hatte seine automatische Waffe geschultert und stand in der Nähe von Granthams Mann. Harold nickte und rasch betraten die Söldner gemeinsam mit Vayanis das Kloster, überraschten die rund fünfzehn Mönche bei ihrer Abendmeditation, pferchten sie alle in den wartenden Personenwagen und sperrten sie dort ein. Zwei der Söldner fuhren mit ihnen in die Nacht und die vier verbliebenen durchkämmten zusammen mit Vayanis das Kloster. Sie sammelten verschiedene High-Tech-Geräte, Computer und alles, was von Interesse schien, zusammen.

Dann verließen sie das dunkle und geplünderte Kloster und schlossen sich den entführten Mönchen auf einem kleinen Flugplatz an, von dem aus ein wartendes Flugzeug die Gruppe über die Nordsee nach Mitteldeutschland zu einem großen Feld unweit von Burg Eltz brachte. Vayanis hatte bereits die Beleuchtung für eine nächtliche Landung vorbereitet und der Pilot hatte keine Schwierigkeiten, das Flugzeug hereinzubringen. Die Söldner stopften die älteren Mönche in einen Personentransporter und fuhren sie die Hügel hinauf zur Burg Eltz. Dort angekommen, wurden sie in die Krypta gestoßen und in die Dunkelheit gesperrt. Zurück im Apartment der Schmitz zitterte Frieda und war sichtlich mitgenommen. Elgard wandte seinen ganzen Charme auf und lächelte.

»Frieda, meine Liebe, das ist doch nur eine vorübergehende Maßnahme. Den anderen Kräften muss eine Lektion erteilt werden. Um die Mönche brauchst du dir keine Sorgen zu machen. Wir halten sie einfach in Reserve, um bei Bedarf Druck auszuüben. Jetzt spielst du mit den großen Jungs. Das ist es doch, was du wolltest, nicht wahr, meine Liebe?«

»Ja«, Frieda lächelte, allerdings nicht mit ihren Augen.

»Jetzt lauf und mach Kaffee für die Jungs«, sagte Elgard, »sie werden hungrig und durstig sein. Bring auch ein paar von deinen schönen Sahnetorten und bereite ihnen eine ordentliche Mahlzeit, wenn sie von ihrem nächsten Einsatz zurückkommen.«

Sie zog sich in die Küche zurück, während Elgard sich der Zauberkönigin, den Barringtons und Fenwick widmete. Sie hatten bereits in bequemen Armsesseln in der Bibliothek Platz genommen und ihr eigenes Gespräch begonnen. Carla erschien fragend in der Tür. Sie fühlte sich sehr unbehaglich angesichts dieser plötzlichen Invasion von Menschen, die sie noch nie zuvor gesehen hatte. Sie erkannte die Schwingung von Elgard wieder und sah sich nach dem Kater um. Tatsächlich war er da. Also hatte der Falke ihn doch nicht erwischt, dachte sie.

Elgard erschien in einer Gestalt, die Carla noch nie gesehen hatte. Ein gut gekleideter Herr in den Fünfzigern kam auf sie zu.

»Sie müssen Carla sein, ich bin Ernst von Renten. Dr. Schmitz sagte, dass Sie uns erwarten, aber Ihrem Gesichtsausdruck nach zu urteilen, haben wir Sie überrascht. Nun, das macht nichts. Dr. Schmitz wird in Kürze zu uns stoßen. Bitte treffen Sie geeignete Vorbereitungen für unsere Gäste. Danke.« Damit entließ er sie.

Carla fand Frieda in der Küche.

»Wo warst du, du Luder?«, fragte Frieda. »Warum ist nichts vorbereitet? Mein Mann muss dir gesagt haben, dass du dich auf diese Gäste vorbereiten sollst. Beeil dich und mach alles fertig. Bring dieses Tablett in die Bibliothek und bediene unsere Gäste wie es sich gehört. Mein Mann wird in Kürze zu uns kommen.«

Carla war leicht schockiert und bezweifelte, dass Frieda, Herr von Renten und ihre Gäste von Dr. Schmitz erwartet wurden. Sie schlich sich weg, um ihn im Labor anzurufen, aber als sie ihre Hand auf das Telefon legte, packte sie jemand von hinten und hielt ihr ein Tuch vor Mund und Nase. Sie verlor das Bewusstsein.

»Wir möchten, dass Du alles bei vollem Bewusstsein erlebst«, hörte sie eine raue Männerstimme sagen, als ihr kaltes Wasser ins Gesicht gespritzt wurde.

»Hier, dieser Typ wird dich von vorne nehmen. Und Ratko da drüben von hinten. Boris wird sich dein Gesicht vornehmen und ich werde Fotos machen.«

Sie konnte nichts tun. Ihre Kleider waren ihr bereits heruntergerissen worden und lagen auf dem Boden. Sie sah Vayanis neben der Tür stehen.

»Vayanis, wie kannst du nur! Oh mein Gott.«

Sie hatten begonnen, ihren Körper mit ihren schweren unsauberen Händen zu betatschen. Sie entblößten sich und stürzten sich auf sie wie ein Rudel Hunde. Ihr tat alles weh. Es war so ekelhaft und ausgerechnet Vayanis genoss diese schreckliche Schande über sein eigen Fleisch und Blut. Sie konnte kaum atmen. Sie würgte und erstickte beinahe. Carla war jetzt nur noch damit beschäftigt, die Tortur zu überleben. Es fühlte sich an, als wären es Stunden, in denen sie ihren Körper begrabschten, stießen und an den zartesten Stellen in ihn eindrangen. Klebrig von Sperma und Dreck, Blut und Scham, starb sie tausend Tode. Endlich waren sie erschöpft und ließen sie in der dunklen Nässe zurück. Der Gestank von Körperflüssigkeiten, Blut, Alkohol und wer weiß, was sonst noch, schwebte über ihrem gebrochenen Körper. Die Tür öffnete sich und ein Lichtstrahl fiel in den Raum. Dort stand Frieda.

»Was für eine Schande, sieh dir an, was du angerichtet hast. Steh auf und räum das alles auf, bevor Helmut kommt, du dreckiges Luder«, und sie schlug die Tür zu.

Es war zu schlimm, um zu weinen, zu schlimm für alles, einfach ekelhaft. Vermutlich schmerzte der Verrat durch Vayanis sie am meisten. Einen Moment lang verlor sie völlig das Vertrauen in die Menschheit. Sie hörte den Kater auf der anderen Seite der Tür miauen und augenblicklich überkam sie eine unbändige Wut. »Du ... du ...«, sie schleuderte einen harten Gegenstand gegen die Tür und versuchte herauszufinden, wo sie sich befand. Sie musste den Lichtschalter finden, sie musste ihren Körper auf Wunden, Schnitte, Prellungen, auf alles, was gebrochen war, untersuchen. Gott, was für eine entsetzliche Geschichte. Sie dachte an die Kriegszeit in Bosnien zurück, als ihr dies schon einmal geschehen war. Sie hatte es damals überlebt, also würde sie es, verdammt nochmal, auch jetzt überleben. Sie war ohnehin eine Überlebende. Verdammter Vayanis und verdammte Frieda.

»Ich werde nicht zulassen, dass mich das zerstört. Ich werde da hindurchgehen und sehen, was ich dagegen tun werde.« Ihre Wut war ihr Segen.

Beim ersten Mal war sie so schockiert gewesen, dass sie geistig und emotional völlig gelähmt war. Diesmal war sie zwar wesentlich schwerer verletzt worden, aber sie konnte es überleben. Sie glaubte nicht, dass irgendwelche Knochen gebrochen waren, aber ihre Organe waren übel zugerichtet und verletzt worden. Glücklicherweise war sie nicht mithilfe irgendwelcher Gegenstände malträtiert worden, sondern durch ihre Körper. Das war schlimm genug. Carla fühlte sich so beschmutzt. Schmutzig war in der Tat das richtige Wort dafür. Sie war schmutzig und die anderen waren Schweine. Sie kroch auf dem Boden herum und versuchte, die Tür zu erreichen. Es musste ein Lichtschalter in der Nähe sein. Da war er. Einen Moment lang konnte sie den Raum nicht erkennen, dann dämmerte es ihr. Man hatte sie in das Dachzimmer gebracht, das sie normalerweise bewohnte. Zumindest war es vertrautes Terrain und das Badezimmer nicht weit. Im Raum herrschte ein einziges Chao, alles lag wie auf einem Schlachtfeld verstreut herum, war zerbrochen, wie durch die Mangel gedreht. Offenbar war dies absichtlich von Frieda und Vayanis inszeniert worden. Söldner verhielten sich normalerweise wie Söldner, aber diese beiden... Es war eine unsägliche und unverzeihliche Tat. Carla war vom Geist der Rache, der Wut und des Zorns erfüllt. Aber es war stille, kalte Wut.

»Wartet nur, wartet nur ab, ihr werdet schon sehen, was ich tun werde, ihr Idioten.«

Der wichtigste Punkt auf ihrer Liste war, lange und gründlich zu duschen. Sie erinnerte sich an die selbstgefälligen Gäste in der Bibliothek und fragte sich, ob auch sie Teil der Verschwörung waren. Ohnehin würden sie sich nicht um ein bloßes Flüchtlingsmädchen scheren. Carla spürte eine weitere Welle von Ekel aufsteigen und schauderte.

»Nichts und niemand kann mich zerstören«, schwor sie.

Warmes Wasser strömte über ihren geschundenen Körper, aber der Schmerz war ihr egal. Ihre Wut wurde genährt und das gab ihr die Energie, sich gründlich zu reinigen und ihre Wunden, so gut es ging, zu verbinden. Es wäre vielleicht eine gute Idee gewesen, sich im Krankenhaus behandeln zu lassen, aber sie wusste, dass dies nicht möglich war. Ihr wurde klar, dass man sie zur

Gefangenen gemacht hatte. Wo war Dr. Schmitz bei all dem?

Zurück in ihrem Zimmer, zog sie sich an und begann aufzuräumen, so gut sie konnte. Ihre schäumende Wut gab ihr die Kraft, das ganze Zimmer innerhalb einer Stunde wiederherzustellen, dann brach sie auf ihrem Bett zusammen und spürte, wie eine Woge von Emotionen ihren kleinen Körper verzehrte und sie vor Tränen zitterte. Sie musste eingeschlafen sein und als sie wieder zu sich kam, dachte sie, sie hätte einen schrecklichen Albtraum gehabt. Ja, es war ein schrecklicher Albtraum. Ein wahrer Albtraum. Sie betrachtete ihr geprelltes und zerschrammtes Gesicht im Spiegel und war entsetzt. »Idiotische Bastarde!«, fluchte sie.

Es war neun Uhr morgens. Draußen war ein schöner Tag mit strahlendem Sonnenschein und wunderschön aussehenden, bewaldeten Hügeln. Ein seltsamer und surrealer Kontrast zu den Schrecken der Nacht zuvor. Sie humpelte die Treppe hinunter. Dort herrschte auch ein großes Durcheinander. Überreste von Mahlzeiten, Getränken und die Küche, eine einzige Schweinerei. Plötzlich sah sie, wie Vayanis sie von einem der Sessel im Eingangsbereich aus anschaute. Er lud seinen Revolver.

»Wag es nicht, in meine Nähe zu kommen, du dreckiges Flittchen«, knurrte er. »Mach hier sauber und komm ja nicht auf dumme Gedanken. Ich habe dich im Auge, du kleine Schlampe.«

Carla wusste, dass er imstande war, den Abzug zu betätigen. Nach dem, was gestern Nacht geschehen war, war er zu allem fähig. Sie unterdrückte ihre Wut, stählte sich innerlich und begann langsam, das Haus aufzuräumen. Sie würde den richtigen Augenblick abwarten und wenn sich die Gelegenheit bot, würde sie bereit sein.

Kapitel 22

Das Krankenhaus

Carla hatte seit einigen Tagen starke Schmerzen. Vayanis bewachte sie nach wie vor und nötigte sie zu noch mehr Arbeit im Haus, wenngleich dies in ihrem Zustand sehr schwierig war. Wann immer sie konnte, ruhte sich Carla in ihrem Zimmer aus. Dr. Schmitz kam nicht und sie war ein wenig besorgt, da er ihr gewöhnlich seine Schritte mitteilte. Normalerweise würde sie im Labor arbeiten, war aber seit einigen Tagen nicht mehr dort gewesen. Er erkundigte sich nicht nach ihr und das erschien ihr etwas seltsam. Sie konnte nichts anderes tun, als abzuwarten und die Heilung langsam vonstattengehen zu lassen. Sie sorgte dafür, dass ihre Wunden sich nicht entzündeten.

Eines Nachmittags, als sie sich ausruhte, verspürte sie eine Anwesenheit in ihrem Zimmer, etwas Wohlwollendes, sodass sie keine Angst hatte. Sie versuchte, eine Verbindung herzustellen und sich darauf zu konzentrieren, wo sich diese Präsenz aufhielt. Auf subtile Weise nahm sie die Gestalt eines Hirsches mit einer Krone um den Hals wahr. Ein großes Geweih. Ein edles Geschöpf.

»Wer bist du?«, fragte sie.

»Ich komme von dem Großen Einen. Bitte, komm mit mir«, antwortete der Hirsch.

»Mit dir kommen? Wie denn?«

»Einfach durch deine Willenskraft.«

»Meine Willenskraft?«

»Erlaub mir einfach, dich zu ziehen. Leiste keinen Widerstand.«

»Okay«, sie entspannte sich und ließ sich sanft aus ihrem Körper heben.

Sie bestieg den Hirsch und sie flogen weit in den Himmel hinaus, weit über die Landschaft und auch sie sahen die Krümmung der Erde. Sie flogen weiter, ganz weit, dann begann der Abstieg in ein großes Moor. Sie sah alte Gebäude, die fernab anderer menschlicher Behausungen lagen. Der Hirsch landete sanft in einem kleinen Zimmer mit einem bequem aussehenden Bett.

»Ruh dich in diesem Bett aus und du wirst heilen«, sprach er zu ihr. »Der Große Eine hat dieses Krankenhaus für dich vorbereitet. Ich werde dich wieder nach Hause bringen, wenn es so weit ist.« Und der Hirsch verschwand.

Carla fühlte sich entspannt und hatte keine Angst. Das Zimmer machte einen sauberen, frischen und komfortablen Eindruck. Das Bett sah einladend aus, sie kletterte zwischen die Laken und schlief sehr schnell ein. Sie fiel in einen Traumzustand und sah, wie Energien um sie herumwirbelten, Wohlklänge sie umgaben und ihr Körper von Frequenzen voller Schönheit, Harmonie und Süße angefüllt wurde. Der Hirsch erschien, trug sie wieder durch die Lüfte und legte sie sanft in ihr eigenes Bett in Dr. Schmitz Zuhause zurück.

Als sie erwachte war es Morgen. Sie fühlte sich außerordentlich frisch, wohl in ihrer Haut und sehr ausgeruht. Sie ging zum Spiegel und war erstaunt zu sehen, dass ihre Schwellungen abgeklungen und die Wunden verheilt waren. Die extremen Schmerzen in ihren

Organen waren verschwunden. Sie ging unter die Dusche und stellte fest, dass ihr Körper in einer sehr guten Verfassung war. Sie zog sich an und ging hinunter. Von Vayanis war nichts zu sehen. Sie war frei. Es war, als ob ihre Tortur niemals stattgefunden hätte. Allerdings bezeugten die Narben und Spuren auf ihrem Körper, dass es tatsächlich geschehen war. Sie waren aber nicht so schlimm, dass ein Außenstehender schockiert gewesen wäre oder sie Anlass zu Kommentaren gegeben hätten.

Das Telefon klingelte. Es war Dr. Schmitz.

»Hallo Carla, können Sie um zwölf Uhr im Labor sein? Okay, danke, dann bis gleich. Auf Wiedersehen.«

Einen Moment lang bezweifelte sie erneut, ob irgendetwas von all dem wirklich geschehen war. Sie erinnerte sich an den Hirsch, den Traum, die harmonischen Energien. Die Heilung war real. Die Tortur hatte tatsächlich stattgefunden. Aber jetzt war sie Vergangenheit. Carla hatte das Gefühl, einen wichtigen Meilenstein überschritten zu haben, vielleicht war sie sogar durch eine Art Glasdecke gestoßen und befand sich auf einer neuen Ebene. Sie erwartete geradezu, mit Vayanis konfrontiert zu werden, aber er war überhaupt nicht zu sehen. Sie sah auf ihre Uhr, beeilte sich, fertig zu werden und machte sich auf den Weg ins Labor.

Sie ging durch die engen, kopfsteingepflasterten Gassen von Burg Eltz bis zum Eingang des Portals, das zu den Katapultwegen und den Internationalen Entwicklungslaboren führte. Dr. Schmitz schien nichts Außergewöhnliches zu bemerken. Er begrüßte sie in gewohnter Weise, sie tranken gemeinsam Kaffee und besprachen die täglichen Aufgaben. Er stellte sie den drei neuen Technikern und seinem neuen Assistenten John Jarecki vor, einem sympathisch aussehenden Mann schwarzer Hautfarbe. Einen Moment lang fragte sie sich, ob er auch einen afrikanischen Namen besaß. Alles war normal. Trotzdem war Carla wachsam und rechnete damit, dass sich jederzeit etwas Negatives ereignen konnte. Aber nichts dergleichen geschah und die folgenden Tage verliefen in gewohnter Weise. Dennoch machte sie Vayanis Abwesenheit neugierig. Und Frieda? War sie gekommen oder war das alles nur Carlas Einbildung? Wer waren diese anderen Leute? Wenn Ernst von Renten ein Deckname von Elgard war, konnte man sich ausmalen, welch ein Hokuspokus vor sich gegangen war. Die verblassenden Spuren an ihrem Körper waren Beweis genug, dass in dieser Nacht wirklich etwas passiert war. Dann hatte Carla eine Idee.

In der nächsten Kaffeepause gab es eine Gelegenheit, mit Dr. Schmitz zu sprechen.

»Kennen Sie Ernst von Renten?«, erkundigte sie sich.

»Ernst, ach ja, armer Kerl. Ich habe ihn schon lange nicht mehr gesehen. Woher kennen Sie ihn? Haben Sie ihn getroffen?«

»Nicht wirklich, Vayanis erwähnte ihn, bevor er verschwand.«

»Verschwand? Vayanis ist doch im Haus, ich habe gerade mit ihm telefoniert.«

»Wirklich? Nun, dann muss er sich sehr zurückgezogen haben, ich habe ihn seit Tagen nicht mehr gesehen.«

»Er sagte, er sei auf der Jagd gewesen, aber er ist jetzt hier und Sie sollten ihn sehen, wenn Sie von der Arbeit kommen.«

»Waren auch Sie letzte Woche fort, Dr. Schmitz? Ich habe auch Sie nicht gesehen.«

»Ich war nicht wirklich weg. Sie wissen doch, wenn die Arbeit sehr intensiv wird, bleibe ich auch über Nacht im Labor und so verbrachte ich einige Nächte hier. Das ist nichts Ungewöhnliches. Beunruhigt Sie irgendetwas, Carla? Jedenfalls waren auch Sie ein paar Tage lang nicht im Büro. Vayanis sagte mir, dass Sie einiges im Haus zu erledigen hatten und eine Zeitlang nicht kommen konnten. Stimmt das?«

»Ja, Dr. Schmitz.«

Es war ein richtiges Puzzle und einige der Teile fügten sich bereits ins Bild. Carla war sich sehr unsicher, wie viel sie Dr. Schmitz anvertrauen konnte. Auf keinen Fall wollte sie, dass er etwas über ihre Vergewaltigung herausfand. Zumindest wurde sie sich immer sicherer, dass sie wirklich stattgefunden hatte. Noch immer gab es viele Rätsel. Sie vertraute niemandem und beschloss, Schweigen zu bewahren. In gewisser Hinsicht fühlte sie sich beschützt. Sicherlich passte jemand oder etwas auf sie auf, irgendwo da draußen. Als Überlebende wusste sie, wie wichtig es war, den Mund zu halten.

Kapitel 23

Lügen

Elgard hatte einen hervorragenden Weg gefunden, das wichtigste Element des Nargonoscene-Senders zu bekommen. Er hatte in Helmuts Labor genug gesehen und es war ihm gelungen, die Gedanken der Techniker zu lesen. Wenn es nötig war, würde er immer noch durch ihre Seelen in sie eindringen können, aber er war überzeugt, dass er bereits über ausreichende Informationen verfügte. In der Tat mochte die Einmischung der Zauberer katastrophal erscheinen, aber rückblickend hatte sie viele Vorteile. Er hatte jetzt ein paar Geiseln, was ein zusätzlicher Bonus war. Diese alten Mönche wussten einiges, davon war er überzeugt.

Die Zauberkönigin nahm mit den Barringtons Früchte und Sorbet in ihrem gold-weißen Solarium zu sich. Ihre höflichen und geschickten Diener tänzelten in ausgefeilt choreographierten Schritten um sie herum. Die Siam Niramit und Ranad füllten den Raum mit ihrem lieblichen Geklingel, das mit dem schweren Duft der tropischen Blumen verschmolz. Alastaire und Cornelia verfielen in sanfte Trance, die Zauberkönigin versprühte ihre Magie und nahm sie in die Astralebenen der Träume und Visionen mit. Sie vertrauten ihr voll und ganz und schrieben ihr wachsendes Vermögen ihrem wohlwollenden Einfluss zu. Cornelia liebte Luxus. Alastaire berauschte sich zunehmend an neu gefundener Macht. Geld, Macht und Einfluss. Sein ganzes Leben lang hatte er davon geträumt. Dafür war er geboren worden und dies würde sein Vermächtnis für seine geliebten Söhne sein. Das Leben war wirklich gut zu ihnen. Die Zauberkönigin war ihre neueste Errungenschaft und sie besaß einen so guten Geschmack. Es fühlte sich fast wie im Himmel an.

Eine hohe Glocke läutete und ein Diener führte Ernst von Renten und Harold Fenwick ins Solarium.

»Willkommen, meine Lieben«, sagte die Zauberkönigin. »Jetzt ist unsere Versammlung vollzählig. Ihr dürft uns verlassen«, winkte sie den Dienern und Musikern zu, die daraufhin verstummten.

Auf einen unsichtbaren Knopfdruck hin erschien Grantham auf einem Bildschirm und wandte sich an die Gruppe.

»Wie Sie wissen, kommt der Prozess der ethnischen und ökonomischen Säuberung gut voran. Unsere Kollegen von den Banken der FRES und GSB steuern nun die Systeme, die für das Erreichen der nächsten Ebene notwendig sind. Es gab einige Probleme mit fremden Hackern und einige unerwartete Wettermuster, aber nichts, was wir nicht im Auge hätten. Unsere Sicherheitsphantome sind unschlagbar und erkennen fast sofort alle Formen von Sabotage. Soweit ich weiß, arbeiten die Mönche mit ihnen zusammen und haben das Kommando über den Nargonoscene-Sender übernommen. Können Sie das bitte bestätigen, von Renten?«

»Alles scheint nach Plan zu laufen«, erwiderte Elgard, »und sogar noch besser, als wir gehofft hatten. Ich habe keinen Zweifel daran, dass die Mönche uns die fehlenden Formeln zur Verfügung stellen werden. Es handelt sich um einfache alte Männer, die nicht zu wissen scheinen, was sie in der Hand haben. Außerdem haben wir unsere unwiderstehlichen Methoden, um an gewünschte Informationen heranzukommen.«

»Ja, natürlich«, Grantham richtete seine nächsten Bemerkungen an die Zauberkönigin.

»Madame, Grüße vom Oberkommando. Darf ich mich nach Ihrer Botschaft für den heutigen Tag erkundigen?«

Die Zauberkönigin befand sich noch halb in Trance und mit verschleiertem Blick übermittelte sie ihre Botschaft für den Tag.

»Mein Lord Grantham«, begann sie, »wie immer ist es mir eine Ehre und Freude, auf diese Weise zu dienen und Ihrer Regierung direkten Zugang zur Intelligenz der Phantome zu verschaffen. Wir schätzen es sehr, dass Sie diesen ganz besonderen Dienst weiterhin finanzieren. Für die Kavernen ist eine zusätzliche Abschirmung erforderlich, damit wir sicherstellen können, dass die Funktion des Nargonoscene-Senders nach seiner Verlegung dorthin nicht gestört wird. Dies geschieht zusätzlich zu den Transportschilden. Die anderen Streitkräfte sind recht kompetent und wir können nicht darauf vertrauen, dass unsere Verbündeten auf unbestimmte Zeit treu bleiben. Es besteht immer die Möglichkeit eines Sicherheitsverstoßes und wir müssen uneingeschränkt wachsam sein.«

»Verstehe«, sagte Grantham. »Was immer benötigt wird, wir werden es so schnell wie möglich bereitstellen. Wurde Ihr Transporttermin bestätigt?«

»Ja, wurde er, Lord Grantham.«

»Jetzt können Sie Ihre Nachricht übermitteln. Danke sehr.«

Die Zauberkönigin zog sich noch weiter in die Tiefen ihrer inneren Welt zurück und nach langem Schweigen begann sie mit anderer Stimme zu sprechen.

»Meine lieben Söhne und Töchter der Emerald-Inseln, ich habe eure Bitte gehört und eure Vorbereitungen gesehen. Eure Kollegen stimmen mit euch überein, darauf könnt ihr vertrauen. Die Phantome sind eure treuen Diener, ihr könnt euch auf sie verlassen. Der Große Eine ist sich eurer Arbeit bewusst und applaudiert euch. Die Großen Geister der Elemente sind auf euer Ziel ausgerichtet und ihr könnt mit ihnen rechnen. Jetzt liegt es an euch. Ihr müsst unerschütterliche Stabilität, konzentrierte Willenskraft und einen entschlossenen Geist bewahren. Euer Herz muss wie ein unzerstörbarer Diamant sein, hart und kalt. Ihr seid diejenigen. Versteht ihr?«

Mit geschlossenen Augen und flachem Atem verstummte die Zauberkönigin. Es war fast so, als wäre sie direkt vor ihnen gestorben. Sie sahen eine Weile zu, dann, als sie sicher waren, dass die Botschaft abgeschlossen war, beendete Grantham die Übertragung. Der Bildschirm wurde wieder schwarz und verschwand in der Decke.

Die Diener umgaben die Königin mit einem seidenen Paravent, von Renten und Fenwick gingen fort, gefolgt von den Barringtons. Schwache Klänge der Ranad waren zu hören, als sie zu ihren Autos gingen und zu ihren nächsten Terminen aufbrachen.

Kapitel 24

Hightech-Folter

Von Renten und Fenwick reisten schweigend, wobei sie eher grimmig aussahen. Schließlich unterbrach Ernst die Stille.

»Grantham. Meinst du, er hat das Zeug dazu? Sie sagte, er sei der Eine.«

»Hokuspokus, mein Freund. Man kann dem Ganzen nicht trauen. Auf Hexen und Medien ist kein Verlass. Es ist nur eine Scharade. Ich gehe davon aus, dass wir Grantham brauchen. Er wird uns Zugang zur nächsten Ebene verschaffen.«

»Richtig«, sagte von Renten, »lass uns nach den Geiseln sehen.«

Sie hatten die alten Gebäude erreicht und die Wachen öffneten die Sicherheitstore. Zwei Männer in Kampfuniform folgten ihnen in ihrem Jeep. Sie betraten die Luftschleuse und wurden schnell zu den unterirdischen Kavernen unter den Rockies katapultiert. Das System der schnellen Transittunnel war so genial. Fenwick liebte es einfach. Er hatte eine besondere Schwäche für die Macht, die ihm diese Technologien verliehen. Diese Vorliebe erfüllte sein Herz und seine Seele und nährte sein ganzes Wesen. Sie verlieh ihm das Gefühl, unbesiegbar zu sein. Er warf einen Blick auf seine sorgfältig manikürten Fingernägel.

Durch elektronische Sicherheitsschlüssel verschafften die Söldner sich Zugang zum unterirdischen Gefängnis. Die großen Türen bewegten sich zur Seite und schlossen sich geräuschlos wieder hinter ihnen. Dies war kein gewöhnliches Gefängnis. Jedes Detail wurde überwacht. Die Temperatur, die Luftfeuchtigkeit, die Beleuchtung, die Geräusche, der Geruch, alle Wände waren gleichzeitig Bildschirme. Jeder Gefangene war über Elektroden mit dem System verbunden und der Gnade der Geiselnehmer völlig ausgeliefert. Den fünfzehn Mönchen waren ihre Gewänder ausgezogen worden und sie saßen fast nackt in kleinen Metallzellen auf Hockern, die über dünne Drähte mit dem System verbunden waren. Jeder von ihnen regungslos, mit halb geschlossenen Augen, scheinbar meditierend. So hatten sie bereits seit einigen Tagen dagesessen. Sie hatten keinen Kontakt zu irgendeiner anderen Person gehabt, befanden sich durchgehend in Einzelhaft, ohne Außenreize. Es ging ihnen den Umständen entsprechend gut.

Von Renten und Fenwick überprüften noch einmal die Niederschriften ihrer Vernehmungen. Sie enthüllten nichts. Die Mönche hatten die Einzelheiten ihrer geheimen Mantras mitgeteilt, aber sie konnten sie nicht entschlüsseln. Die Vernehmer hatten die Gesänge aufgezeichnet, sie allen Arten von Auswertungs- und Entschlüsselungstechnologien unterzogen, aber es tauchte nichts auf, was von Bedeutung für sie gewesen wäre. Die Männer schienen alle Eigenschaften normaler Menschen verloren zu haben. Sie hatten keine Angst vor Schmerz oder Tod. Sie machten sich keine Sorgen umeinander. Sie schienen gegen induzierten Wahnsinn immun zu sein. Sie waren wie Buddhas. Elgard war nie zuvor derartigen Wesen begegnet. Er stellte fest, dass er daran gehindert wurde, in ihren Geist einzudringen, egal welche Mittel er einsetzte. Sie waren einfach wie undurchdringliche Bewusstseinsblöcke. Darauf war er nicht vorbereitet.

»Es ist nur eine Frage der Zeit«, sagte er leichthin zu Fenwick, der sich nicht sicher war, wie er den Zustand dieser ungewöhnlichen alten Männer interpretieren sollte. Sie kehrten zu den Außentoren zurück und begaben sich über die Luftschleusen in ihre jeweiligen Büros. Elgard fühlte sich leicht verunsichert. Das war höchst ungewöhnlich für ihn. Er beschloss, am Tempel Halt zu machen, um seinen Geist aufzufrischen und seine nächsten Schritte zu überlegen.

Fenwick erstattete Grantham in seinem Büro beim Foreign Office in London Bericht. Grantham war wütend.

»Es ist ein kompletter Schwindel. Ich weiß nicht, wie Sie sich so leicht von diesem ganzen Hokuspokus haben täuschen lassen können. Für wen zum Teufel halten Sie mich eigentlich?«

»Lord Grantham, darf ich Sie an die sehr zuverlässigen Informationen erinnern, die wir seit geraumer Zeit durch diese Quelle sammeln?", entgegnete Fenwick. »Ich denke, wir sollten die Botschaft zunächst näher prüfen, bevor wir sie zu schnell verwerfen.«

»Was meint sie denn damit, dass ich der Eine sei. Der Eine was? Um Himmels willen.«

»Sir, es gibt Manuskripte, die von Renten mir gezeigt hat, die voraussagen, dass eine bestimmte Person etwas Besonderes tun muss, um ein Katalysator für den Wandel zu sein. Es ist nicht klar, um wen es sich handelt und auch nicht, wie diese Person vorgehen wird. Hier geht es um die Manipulation einer außergewöhnlichen Form der Macht. Das ist nichts für schwache Nerven. Dies ist eine neue Art von Macht und es gibt nur sehr wenige, die die Position und die persönliche Fähigkeit besitzen, damit umzugehen. Lord Grantham, verzeihen Sie mir, wenn ich das sage, aber Sie sind kein gewöhnlicher Mensch und Sie bekleiden eine bedeutende Position. An Ihrer Stelle würde ich darüber nachdenken. Es ist keine einfache Sache.«

»Und was ist mit Dr. Schmitz? Haben wir vollständigen Zugang zu seinen geistigen Fähigkeiten und Kontrolle über sie?«

»Wir müssen schnell handeln, um den Sender zu den Kavernen zu bringen und die Mönche daran anzuschließen. Sie sind in meiner Hand und werden tun, was wir wollen. Davon bin ich überzeugt.«

»Zeigen Sie mir den Bericht über ihre Verhöre.«

»Sir, es ist immer noch eine Frage der Zeit. Sie werden nicht so einfach schwach werden. Ich bin der festen Überzeugung, dass sie nicht wissen, was sie besitzen und wir sie einfach nur mit dem Sender verbinden müssen, damit er durch ihre Codes aktiviert wird. Sie kennen die Codes, aber sie wissen nicht, was sie bedeuten. Wir können Dr. Schmitz jederzeit hinzuziehen. Er arbeitet immer noch an der Feineinstellung der Maschine. Er weiß nichts von ihrer Überführung.«

Elgard beobachtete das Gespräch. Alles lief nach Plan. Seine gespenstische Gestalt glitt durch die Wände von Lord Granthams Bürosuiten und er verschwand. Er flog los, um den Zustand der Zauberkönigin zu überprüfen. Offensichtlich brauchte sie eine Aufforderung. Sie ging über ihre Grenzen hinaus. Auch sie hatte Gefallen an der Macht gefunden und war von ihr korrumpiert worden.

Er glitt ins Solarium und betrat ihr Ankleidezimmer. Sie war gerade dabei, in einem riesigen Schaumbad zu plantschen. Ihre thailändischen Mädchen bürsteten und massierten sie. Trotzdem schien sie abgelenkt und mit irgendeinem Problem beschäftigt zu sein. Elgard nahm von einem ihrer mädchenhaften jungen Tänzer Besitz und näherte sich ihr, Pirouetten drehend, um sie zu unterhalten. Sie schenkte ihm kaum Beachtung und war weiter mit ihren Gedanken beschäftigt.

»Meine süße Zauberkönigin, lassen Sie mich Ihnen eine wundervolle Massage verabreichen, damit Sie sich besser fühlen. Sie sehen so nachdenklich aus. Gibt es etwas, das meine kleine Königin beunruhigt?«, säuselte er.

»Verschwinde, du Trottel«, knurrte sie. »Mädels, bringt mir meinen Bademantel, ich habe zu tun. Es hat keinen Sinn, hier herumzusitzen und kostbare Zeit zu verschwenden.«

Elgard verdrückte sich in den Hintergrund und wartete. Er musste an sie herankommen. Aber es war zu spät. Sie hatte ihn bemerkt.

»Elgard, du Idiot. Was machst du denn hier? Kann ich überhaupt keine Privatsphäre mehr haben? Was willst du? Sprich schon! Ich habe nicht den ganzen Tag Zeit für Leute wie dich.«

»Meine liebe Zauberkönigin, wie kannst du mich nur so behandeln? Wir haben eine Vereinbarung, einen Vertrag. Hast du das schon vergessen? Wir müssen zusammenarbeiten, sonst können wir nicht erfolgreich sein. Du weißt, dass du das nicht ohne meine Hilfe tun kannst. Du weißt, dass deine Kräfte begrenzt sind und es nichts gibt, was du gegen den Großen Einen ausrichten kannst. Aber gemeinsam... Du weißt, dass wir diesen Traum wahr machen können. Du weißt, dass du mich liebst und deinen Traum nicht ohne mich verwirklichen kannst, nicht wahr, meine Liebe?«

»Elgard, ohne mich bist du ein Nichts. Vergiss das nie, du Wicht.«

»Meine Königin, du musst unsere Vereinbarung einhalten. Vergiss die Macht meiner Phantome nicht. Wir sind der Schlüssel zu deinem Status. Jetzt würdest du keinen Statusverlust wollen, oder, meine Königin?«

Sie schmollte. Die Musik wurde fortgesetzt, Elgard verbeugte sich und ging so leise, wie er gekommen war.

Kapitel 25

Sabotage

Anandi ritt in ihrem weiblichen Gewand auf dem Hirsch und sie drangen durch die Sicherheitsschilde und Verkleidungen in das Gefängnis ein. Freundschaftlich besuchten sie jeden Mönch in seiner Einzelzelle. Sie küsste jeden fast unmerklich auf die Stirn. Ein Energiestrom ging auf ihre Wesen über und ihr Licht wurde verstärkt. Die sechzehn Zellen waren kreisförmig angeordnet. Eine war leer. Anandi positionierte sich mit dem Hirsch in der Mitte des metallenen Kreises. Es war ein technologisches Labyrinth mit jeweils nur einem Weg zu jedem Mönch. Es war so komplex, dass nur ein mathematisches Genie dies entworfen haben konnte. Der Jwaaid hatte Anandis Geist so perfekt trainiert, dass sie den jeweiligen Weg finden konnte. Sie übertrug Energie auf alle elektronischen Pfade.

Der Strom erreichte das Innere der Geistmaschine, indem sie die Energie konstant aufrecht erhielt und sanft und schrittweise den Energiestrom erhöhte. Unaufgefordert setzten die Gesänge der Mönche ein. Sie waren fast unhörbar, aber ausreichend, um eine Schallwelle auszusenden, die Anandis Lichtwelle verstärkte. Beide Wellen wanden sich umeinander, als sie sich durch alle sechzehn Kanäle zum zentralen Kern hin ausbreiteten. Der Hirsch hatte den unbesetzten sechszehnten Platz eingenommen.

Die Resonanz veränderte ihre Tonhöhe und die Frequenzen erzeugten Harmonien von großer Schönheit. Der Kreis füllte sich mit sanftem Licht und die Mönche fühlten Süße auf ihren Zungen, die ihre leeren Mägen nährte. Der Geist des Wassers befeuchtete ihre ausgetrockneten Körper und der Geist des Windes erfüllte die Luft mit einem Duft, der in ihre vergifteten Lungen drang und sie heilte. Elektromagnetische Lichtbögen setzten die Metalle im kreisförmigen Gefängnis in ihre Ausgangslage zurück. Die Leitungen zu den Mönchen wurden zu Gold und ließen nur die reinsten Substanzen und Energien durch ihre Drähte fließen. Die Tonhöhe aller Energien erreichte ihren Höhepunkt, der Nachklang hielt sich eine Weile, nahm allmählich ab und verebbte schließlich. Anandi und der Hirsch verblassten ebenfalls und verschwanden. Die Mönche setzten ihre Meditation fort. Alles war still, so als wäre nichts im Gefängnis vorgefallen.

Am nächsten Tag kehrten die Vernehmer an ihre Plätze zurück. Die Routine der technischen Aufgaben wurde wieder aufgenommen, verschiedene Energien und Substanzen jedem Mönch in noch höherer Intensität als an den vorherigen Tagen verabreicht. Die Mönche leuchteten teilnahmslos. Ihre subtile Energie floss ununterbrochen. Sie stimmten ihre Gesänge an und brachten die Energie des Gefängnisses unter ihre Kontrolle. Die Vernehmer hatten solche Ergebnisse nie zuvor gesehen, aber sie hatten die Maschine auch noch nicht in dieser Intensität genutzt. Nach einiger Zeit dämmerte es dem Anführer, dass hier etwas geschah, was sie nicht angeordnet hatten.

»Sie sabotieren den Sender! Stoppt die Maschine!«

»Wir können den Prozess an diesem Punkt nicht mehr anhalten, Sir«, schrie ein Techniker.

»Ihr müsst sie um jeden Preis stoppen.«

»Alle Notfallverfahren wurden außer Kraft gesetzt, Sir.«

»Oh mein Gott, was ist das?«

Die Mönche begannen immer intensiver zu glühen und einer nach dem anderen wurde so hell, dass sie sich wie kaputte Glühbirnen aufblähten und nach und nach leerten sich die Hocker.

»Unglaublich«, der Anführer keuchte, »was ist passiert?«

Schließlich stellte die Maschine alle Aktivitäten ein. So sehr sie es auch versuchten, sie konnten sie nicht wieder in Gang setzen. Es handelte sich um den schwerwiegendsten Sicherheitsvorfall, der sich je ereignet hatte. Der Anführer sandte eine Notfallnachricht an Fenwick.

»Die Mönche sind verdampft. Die Maschine funktioniert nicht mehr. Erbitte Anweisungen.«

Fenwick erblasste. Dafür gab es keinen Notfallplan.

Der Jwaaid lächelte vor sich hin: »Das Spiel hat eine neue Dimension erreicht.«

Er sinnierte über das Wunder des Dramas. Das Schicksal war so schön, so witzig. Der Jwaaid war wirklich entzückt und richtete seine Aufmerksamkeit auf seinen göttlichen Freund, den Großen Geist des Universums.

»Dies ist dein Wunder. Du bist der Erstaunliche, der Erhabene und der Wachsame. Du bist der Erwecker und ich fühle mich geehrt, dein Instrument zu sein.«

Der Jwaaid fing an, wie ein Derwisch zu tanzen und drehte sich in einen Wirbel von Weiß. Wie ein blitzender Wirbelwind drehte er sich schneller und schneller und nach und nach erschienen rotierende Lichtbälle, die mit ihm und um ihn herum in der Luft tanzten. Langsam ließen die sich drehenden Lichtbälle und der Wirbelwind aus Licht an Geschwindigkeit nach und die Männer kamen wie Irrlichter zu Boden. Allmählich materialisierten sie sich und die Versammlung der Mönche saß in Meditation um ihren Abt herum, als wäre nie etwas Ungewöhnliches geschehen.

Der Abt begrüßte jeden von ihnen, umarmte sie liebevoll und küsste sie auf die Stirn.

»Willkommen, meine Brüder. Es ist euch gelungen, die Aufgabe auf die nächste Stufe zu heben. Der Nargonoscene-Sender hat sich mit dem Wirbelnden Yantra verbunden und von nun an werden sie gemeinsam agieren. Ziehen wir uns zum Abendessen zurück.«

Gemächlich schritten sie den Weg zum Refektorium der Abtei von Williamsford hinunter.

Kind Anant lief auf die Gruppe der Ältesten zu und umarmte alle freudig. Sie lächelten es liebevoll an und strichen ihm über Kopf und Rücken, wie es nur ein Großvater mit seinem Lieblingsenkel tun kann. Im Kamin des Refektoriums prasselte ein loderndes Feuer, sie blieben davor stehen und betrachteten wieder einmal die Zeichen, die sich darin zeigten. Die Flammen tanzten und wirbelten fröhlich umher. Sie erkannten die Symbole des Großen Geistes des Universums. Der Uralte Eine erschien kurz und begrüßte die Versammlung. Ein tiefes Gefühl familiärer Verbundenheit stellte sich ein. Der Clan genoss seine Einheit und eine ganz besondere Atmosphäre breitete sich aus.

Kind Anant saß mit dem Jwaaid am Tisch und schaute liebevoll seine Mutter, seinen Vater und Lehrer an. Der Jwaaid war in Gedanken versunken, aber Anant genoss die Atmosphäre der Süße, die seinen geliebten Jwaaid immer umgab. Er liebte die gemeinsamen Abendessen mit dem Mann, der seine größte Liebe und seine größte Inspiration war.

Kapitel 26

New York, New York

Nhlakanipho und Phéline bezogen als John Jarecki und Philip Green ihr neues Apartment in Manhattan, West 64th Street. Sie meldeten ihre Firma als Green, Jarecki & Cormander an. Von dort hatten sie leichten Zugang zu den Finanzinstituten FRES und GSB, wo sie an regelmäßigen Treffen teilnehmen würden. Der Central Park war nur wenige Gehminuten entfernt und ein ausgewiesener Ort für ein Portal zu den Katapultbahnen, die es Nhlakanipho ermöglichten, Helmuts Labor in nur wenigen Minuten zu erreichen. Auch zur Abtei von Williamsford konnte er in etwa derselben Zeit reisen. Nach Sutherland dauerte es nur ein wenig länger. Alles war perfekt arrangiert. Das Apartment diente als Büro und Wohnung zugleich. Es gab eine zusätzliche Suite für Anant, der die Collegiate School, West 78th Street, besuchen würde.

Es war eine komplett neue Welt für ihn, aber er passte sich ihr schnell an, schloss leicht Freundschaften und führte das Leben eines amerikanischen Teenagers an einer der besten Schulen für akademische Exzellenz und künstlerische Entwicklung. Er war ein brillanter Schüler, obwohl sich sein Hintergrund von dem der anderen so sehr unterschied. Die Schule wurde von Schülern aus allen Teilen der Welt besucht und die kulturelle und religiöse Vielfalt war ein fruchtbarer Nährboden, auf dem Anant wachsen konnte. Der Jwaaid wollte, dass sein Adoptivsohn sich zu einem Mann von Welt entwickelte, der in der vorherrschenden globalen Kultur erfahren und gleichzeitig in den eigenen uralten Wurzeln geerdet sein sollte.

Das Zusammenleben mit John und Philip sicherte ihm eine spirituell fundierte häusliche Umgebung und versorgte ihn mit wichtigen Verbindungen zu ihm unbekannten Seiten des New Yorker Gesellschaftslebens. Er begleitete sie ins Theater, zu Konzerten, in Museen und Kunstgalerien. Sie spielten Fußball und Baseball mit ihm. Er entwickelte ein Gespür für Eiskunstlauf, das den Tänzer in ihm nährte. Er besuchte auch Modern Dance-, Yoga- und Qi Gong-Kurse. Er war versiert in Computergrafik und hatte ein besonderes Interesse an Computerspielen. Seine Ausbildung war ausgewogen und er wuchs zu einem feinen jungen Mann heran.

In beruflicher Hinsicht pflegten John und Philip ihre Beziehungen zur FRES und GSB und anderen wichtigen Akteuren der Finanz- und Bankenwelt. Sie wurden geschickte Spieler an der Börse. Ihre Nähe zu Funktionsweisen der Kriegsmaschinerie in Afrika, im Nahen Osten und in Asien resultierte aus ihren Verbindungen zur militärischen Beschaffungs- und Waffenindustrie. Sie mussten häufig nach Moskau, Tel Aviv, Shanghai, Dubai und Karachi. Die Katapultwege vereinfachten und beschleunigten ihre Reisen. Sie waren frei von der Hektik der Flughäfen, von Staus und immer intensiver und zeitaufwändiger werdenden Sicherheits-kontrollen.

Ihre Kontakte brachten sie mit verschiedenen Mafiosi und anderen Unterweltgestalten zusammen. Politiker aller Lager hielten sie über das Weltgeschehen auf dem

Laufenden. Als Paul Cormander entwickelte Phéline enge Beziehungen zu den Experten der wichtigsten Zeitungen und Fernsehsender sowie zu Wissenschaftlern aus den Bereichen Medien, strategische Planung, Wirtschaft und Darknet. New York war ihre Schule und ihr Sprungbrett zur Welt der Macht in Politik, Unterhaltungsindustrie und anderen Branchen. Dies war entscheidend für ihr umfassendes Verständnis, wie Macht von den großen Akteuren genutzt wurde und inwieweit sie durch diesen alles verzehrenden Geschmack an der Macht korrumpiert wurden.

Wie vorherzusehen war, waren es nur wenige Vereinzelte, die nicht kontaminiert waren. Es gab einige unauffällige Männer und Frauen, die es verstanden, Macht auszuüben, ohne von ihr versklavt zu werden. Dieser kleine Personenkreis sollte eine bedeutende Rolle bei der Anwendung und Handhabung des Wirbelnden Yantras und des Nargonoscene-Senders spielen. Obwohl sie nicht besonders geschickt im Umgang mit spiritueller Kraft waren, war ihnen eine natürliche Spiritualität gemeinsam, eine subtile Unterscheidungskraft und tiefe innere Ehrlichkeit, die ausnahmslos zu ihrer klugen und scharfsinnigen Natur beitrugen.

Einige von ihnen waren bereits Teil des inneren Kreises des Jwaaid. Diese Versammlung der intelligentesten, anspruchsvollsten und vielseitigsten Personen traf sich von Zeit zu Zeit in Williamsford, um zu planen, mit dem Wirbelnden Yantra zu experimentieren und die mit dem Nargonoscene-Sender verbundene Technologie zu überwachen. Die Atmosphäre von Williamsford und die

Gesellschaft des Abtes ermutigten die Uneingeweihten, spirituelle Eigenschaften zu kultivieren. Die Versammlung wurde zum Treuhänder der Macht und Verwalter ihres Einsatzes, während sich die Welt den Momenten des Übergangs näherte.

Es gab noch eine Versammlung derer, die von der Macht fasziniert, aber gleichzeitig ihre Sklaven waren. Sie waren Machtspieler, deren Sichtweisen des Weltgeschehens die Gesetze der Spiritualität missachteten. Diese Personen liebten das Okkulte und waren in dessen Gebrauch und Handhabung versiert, um Macht und Einfluss anzuhäufen. Sie kontrollierten das Geld und besetzten Machtpositionen in verschiedenen Regierungen und Finanzinstitutionen. Jeder, der ihre Macht, Autorität und Aktivitäten in Frage stellte, wurde massiv unterdrückt. Alle waren sie hochintelligente und brillante Drahtzieher, aber sie waren des goldenen Herzens der Weisen beraubt.

Dies waren die Kaltherzigen. Sie hatten nicht den Mut, mit den Tiefen ihrer Seele in Kontakt zu bleiben, um die zersetzende Auswirkung der Macht zu überwachen, nach der sie sich sehnten. Sie waren die Unbewussten. Es war eine Versammlung hochkultivierter und anspruchsvoller Menschen. Nur sehr wenige konnten erkennen, was tief in ihnen verborgen lag. Dennoch nahmen John, Philip, Anant und der Abt regelmäßig an ihren sozialen Aktivitäten, ihren Geschäftstreffen, Think Tanks und Retreats teil. Sie genossen den Respekt und das Vertrauen dieser Gruppe. Es war eine ganz besondere Kunst, mit denen zu spielen, die Teil der Gemeinschaft des Nargonoscene-Senders waren, den Zerstörern. Die vier Männer waren so neutral, so distanziert und unabhängig von den moralischen und ethischen Dilemmata, die diese Versammlung mit sich brachte, dass sie keine Schwierigkeiten hatten, mit ihnen in Kontakt zu treten.

Kapitel 27

Das Extrem des Ungleichgewichts

Der Abt und seine Schüler waren nicht moralisch und Männer von Integrität. Die Abtei von Williamsford war vieles. Das Kloster war ein Tor zu anderen Universen. Hochentwickelte Technologie verband sich mit geistiger Kraft, Telepathie, Teleportation, uralter Weisheit und Geomantie. Der Große Geist des Universums manifestierte das verlorene Wissen über das Universum und die Gesetze der Spiritualität und offenbarte, was durch Sinneswahrnehmung oder Berechnung und Ableitung nicht erkannt werden konnte. Hier konnten sich menschliche Errungenschaften in Kunst, Philosophie und Wissenschaft mit den Kräften der Natur und dem Geist des Schöpfers verbinden.

Sowohl die Versammlungen der Warmherzigen als auch die der Kaltherzigen wurden durch konventionelle Moral und Ethik begrenzt, eine Grundlage, die der Abt und seine Schüler als fehlerhaft erkannten. Der Große Geist des Universums stellte konventionelle Glaubenssysteme, Traditionen und Rechtsphilosophien in Frage. Diese Herausforderung war die Quelle und der Ursprung des Wandels. Der Höchste Geist machte sich den reinsten, einfachsten und unschuldigsten Menschen bekannt, die zudem uralte Seelen waren. Dieser Geist war nicht menschlich.

Die Geister des Wassers, des Windes und des Feuers brachten ihre alternde Mutter, den Geist der Erde, und den schwer fassbaren Geist des Äthers mit, um sich mit dem

Höchsten Geist, der Quelle, dem Großen Geist des Universums zu beraten. Der kritische Zeitpunkt war überschritten, die Zeit gekommen und der Übergang eingeleitet. Das Wort war gesprochen. Der Ton erklang. Die Schwingung des Gesangs der Leviathane verbreitete sich durch die Ozeane. Das Grundgestein der Erde trug diese Schwingung und verstärkte den Ton. Die Harmonik wurde in die Dissonanz entlassen. Die Phantome erwachten. Alte Wunden begannen wieder zu bluten. Unbewusste Erinnerungen stiegen langsam an die Oberfläche und nahmen ihren Lauf. Die Konten mussten beglichen werden. Drachen erwachten. Es hatte begonnen. Koyaanisqatsi.

Der Jwaaid wusste, dass die Kraft von Sekunde zu Sekunde, von Ereignis zu Ereignis beansprucht werden musste. Die Gruppe arbeitete hart und war ständig wachsam. Der Abt und von Plettenburg leiteten diese Übung, feinstofflich und vergeistigt, um die Lehren zu verstehen und Kraft vom Großen Geist des Universums zu beziehen.

Einer nach dem anderen kehrten die Mönche und ihre Gefährten die Entropie um und luden ihren Geist wieder auf. Einer nach dem anderen hörten sie auf, anfällig für die Kraft der Materie, des Materialismus und die Prinzipien von Vergnügen und Schmerz zu sein. Die Mönche lehrten die Jüngeren, wie sie zu uneinnehmbaren Bewusstseins-blöcken werden konnten, ohne Angst vor dem Tod, nicht umeinander besorgt, sondern unabhängige Wesen, spirituelle Meister.

Wenn die Wirkung des Nargonoscene-Senders ihren Höhepunkt erreicht und mit der Spitzengeschwindigkeit und Intensität der Bewegung innerhalb des Wirbelnden Yantras zusammenfällt, kann die Verschiebung stattfinden. Ein weiterer Vektor, der in die Gleichung einbezogen werden muss, ist die Zeit. Diese Höchstwerte können nur dann erreicht werden, wenn der richtige Zeitpunkt gekommen ist. Da ist der Aspekt des Schicksals. Durch die Vorherbestimmung kann der Moment im Voraus gesehen und somit wiedererkannt werden. Alles fließt zusammen.

Wenn das Erkennen des Selbst, der Zeit und des Ereignisses zusammenlaufen, erfolgt die Verschiebung spontan. Alle diese Elemente in eine Reihe zu bringen, ist das komplexeste Spiel, die lohnendste Beschäftigung und die größte Errungenschaft aller Zeiten. Die Rolle der Vorahnung bei so vielen Menschen in so unterschiedlichen Zeiträumen ist ein wesentlicher Bestandteil des Musters dieses Webbildes.

»Wie erstaunlich ist es, dass ich ich bin«, dachte der Jwaaid. »Ich kann alles deutlich erkennen, während so viele im Kampf gegen ihre eigenen Schatten gefangen sind.«

Kapitel 28

Die Stärkung des Weiblichen

Carla kam in ihre Kraft. Ihr Körper war nun fast vollständig geheilt. Sie war sich bewusst, dass auch die Heilung ihres Geistes in Gang gekommen war. Als junges Mädchen in einer Welt des Krieges aufgewachsen, war ihr Innerstes durch patriarchalische Einstellungen und Gewalt ausgelaugt und beschädigt worden. Sie wollte weder patriarchalischen Männern noch Frauen mehr zum Opfer fallen. Frieda war ein gutes Beispiel für Frauen, die das patriarchalische System stützten, Frauen unterdrückten, klein hielten und sie ihrer natürlichen Rechte beraubten.

Nun war Carla dazu entschlossen, wieder zu dem zu werden, was einst verloren gegangen, vergessen und zerbrochen war. Es war ein Prozess der Selbstfindung, Wiederherstellung und Heilung. Sie musste ausgebildet werden. Es ging nicht um die übliche weltliche Ausbildung, bei der man einige Fähigkeiten erlernt, die dem System ermöglichen, andere für eine unverhältnismäßig niedrige Vergütung auszubeuten. Sie musste etwas ganz anderes erlernen.

Sie musste ihre spirituelle Integrität und die ihr innewohnende Stärke wiedererlangen. Sie musste sich zu einem Wesen entwickeln, das unabhängig vom Geschlecht war und davon, wie andere sich entschieden, es zu sehen und einzuordnen. Jetzt im Alter von dreißig Jahren war es an der Zeit, sich von ihrer Geschichte, ihrer Sozialisation, ihrer zweitklassigen Staatsbürgerschaft und von den Verraten und Traumata, die sie ihr ganzes Leben lang sowohl in Bosnien als auch in Deutschland verfolgt hatten, zu erholen.

Sie war eine Waise. Sie wurde als jemand eingestuft, der benutzt und missbraucht werden konnte und genoss nicht den Respekt und die Ehre, die ihrem inneren Wesen gebührten. Es gab eine völlige Diskrepanz zwischen dem, wer oder was sie innerlich war und dem, was die Außenwelt auf sie projizierte. Es war nun an der Zeit, sich aus diesem Sumpf herauszuziehen, in dem sie mit Leib und Seele zu versinken drohte.

Ihr Zorn und ihre Wut waren eine starke und nützliche Kraft, die sie nach innen richtete. Im Prinzip richtete sich diese Kraft nicht gegen sie selbst oder irgendetwas anderes, denn sie konnte genauso gut als destruktive wie auch als konstruktive Energie wirken. Sie sammelte ihre Kräfte zu einem inneren Licht, um sich mit heilender Energie anzufüllen. Sie war entschlossen, tief in ihr Innerstes zu gehen, in die unbewussten, untersten Bereiche ihres Geistes. Sie hatte sich nie vor der verborgenen Welt des Wahnsinns gefürchtet.

Ihre Seele hatte, psychologisch betrachtet, äußersten Schaden genommen und war dennoch extrem stark und widerstandsfähig. Carla erkannte, dass sie in ihrer Tiefe eine sehr starke Persönlichkeit war. Die Auswirkungen von Vergewaltigung und Verrat wurden zu einer weiteren Kraft, die sie dahin brachte, wo sie wirklich hingehörte. Es war eine bewusste Entscheidung. »Dies kann mich zerbrechen, aber es kann auch dazu dienen, einen Zustand innerer und äußerer Stärke zu erlangen, der für mich selbst und darüber hinausgehend transformativ sein kann.« Eine einzelne Frau ist ein Mikrokosmos aller Frauen. Das Wiedererwachen eines gebrochenen Geistes wird zum Symbol dafür, dass der ewige Geist unzerstörbar ist. Aus ihrer Stille heraus erkannte sie drei sehr wichtige Wahrheiten. Erstens: »Niemand kann mich töten.« Zweitens: »Niemand kann mich korrumpieren.« Drittens: »Niemand kann meinen Geist brechen.« Das war es. Wenn jemand Einwände hatte, war es sein Pech. Sie gewöhnte sich an ihren Zustand der Unbesiegbarkeit. Sie war zur Kriegerin geworden, aber jetzt musste sie einen Mentor finden, um dieses Potenzial zu verfeinern und sich in ihren höchsten Zustand zu versetzen.

Carla begann damit, zu bestimmten Zeiten konzentriert an ihrem Fenster zu sitzen, besonders nachts, wenn sie auf die Sterne und den Mond schaute. Sie übte, in Stille und innere Ruhe zu gelangen, um ihr innerstes Wesen zu stärken und ihre innere Welt zu erforschen. Eines Abends bemerkte sie den schummrigen Umriss des Hirsches im Garten. Er schaute in ihre Richtung und schien sie zu rufen.

»Erlaube dir einfach herzukommen und wir werden fliegen.«

Sie erinnerte sich an die Heilung, als sie dem Hirsch zum ersten Mal begegnet war und versuchte, sich wie beim letzten Mal aus ihrem Körper ziehen zu lassen. Sie fühlte sich in einen subtilen Seinszustand hineingezogen und saß auf dem Rücken des Hirsches.

»Los geht's«, sagte er in Gedanken und wieder flogen sie hoch in den Himmel, rasten über Wälder und Flüsse,

Berge und Meere und landeten sanft in einem gotischen Raum, in dem ein Kaminfeuer brannte.

Ein Mönch in schwarzen Gewändern saß in der Nähe der Feuerstelle.

»Willkommen, mein Kind«, sagte er, »ich bin Abt Chrishelm und dies ist die Abtei von Williamsford in Nordengland. Wir haben deine Bitte gehört und dich in unseren Orden aufgenommen. Wir werden dich in der Kunst der Mystik unterweisen und du wirst so werden, wie wir. Auch du bist erkannt und zu dieser besonderen Aufgabe berufen worden. Wir hatten dich auch aufgenommen, als du Heilung benötigtest und wie ich sehe, war sie erfolgreich. Wie geht es dir?«

»Ich fühle mich sehr geehrt, dass Sie all das für mich getan haben«, antwortete Carla. »Ich weiß nicht, ob ich Ihrer Worte würdig bin, aber ich wäre so gerne ein Mystiker wie Sie. Ich bin einverstanden. Sagen Sie mir, was ich zu tun habe und ich werde es tun. Das ist es, wonach ich mich sehne. Das ist es, wofür ich lebe.«

Der Abt gab dem Hirsch ein Zeichen und dieser führte sie zu einer der Mönchszellen. Er bedeutete ihr, die auf dem Stuhl ausgebreiteten Gewänder anzuziehen und zur Kapelle zu gehen. In ein langes weißes Gewand gekleidet, den Kopf mit einer großen weißen Kapuze bedeckt, betrat sie die Kapelle, in der die anderen, schwarz gekleideten Brüder bereits leise singend saßen und dann in tiefe Stille versanken. Sie nahm hinter ihnen Platz und ließ sich von der Stille tragen.

Sie beobachtete die Szene, sah einen Lichtstrahl durch die kleine Öffnung in der Decke fallen und hörte einen schwachen Klang von Obertönen. Die Licht- und Klangwellen verschmolzen miteinander wie die Schlangen um den Hermesstab und sie nahm wahr, wie die Geister aufstiegen. Flammen schimmerten über ihren Köpfen und sie spürte die Energie über ihren Kopf in ihr Wesen strömen. Sie sah nur Licht um sich herum, das sie durchdrang. Ein kraftvoller Energiestrom pulsierenden Lichts und harmonischen Klangs bewegte sich durch ihren ganzen Körper. Sie fühlte, dass sie in diesem Licht aufging.

Nach einer Weile ließ die Intensität nach und alles wurde wieder normal. Die Mönche zogen aus und der Abt bat sie, ebenfalls zu folgen.

»Carla, mein Kind«, sagte der Abt, »du musst dich uns für diese Übungen anschließen, du musst bei uns studieren und bereit sein, mit uns an einer sehr wichtigen Aufgabe zu arbeiten. Der Hirsch wird dich hierherbringen, wann immer es nötig ist. Er wird deine Gedanken hören. Achte darauf, dass dein Geist still, sauber und klar bleibt. Mach dir keine Sorgen um Vayanis, er spielt einfach nur seine vorherbestimmte Rolle. Es ist ein Spiel. Du musst das Spiel durchschauen und zu einem Meister werden. Ich werde dich bald wiedersehen. Jetzt kannst du mit dem Hirsch zurückkehren. Gute Nacht.«

Carla fand sich in Sekundenschnelle in ihrem Dachzimmer in der Wohnung von Dr. Schmitz auf Burg Eltz wieder. Alles war normal, aber nichts war mehr wie vorher. Sie betrachtete ihr Gesicht im Spiegel. Ihre Wunden waren kaum noch zu erkennen. Sie ging in die Küche und beendete die Vorbereitungen für das Abendessen. Dr. Schmitz las in seinem Arbeitszimmer.

Vayanis saß auf der Veranda und starrte in die bewaldeten Hügel und die Landschaft dahinter Es schien, als hätten die dramatischen Ereignisse der vorangegangenen Tage nie stattgefunden, außer dass Frieda abwesend war.

Teil 3

Das Opferfeuer

Kapitel 29

Die Abrechnung

Anant, in perfekter Harmonie mit Anandi, hatte die Dichotomie von Geschlecht, Kaste, Rasse und religiöser Überzeugung bereits in einer früheren Inkarnation transzendiert. Obwohl in einem so jungen Körper, strahlte sein Geist die Eigenschaften eines Meisters und manchmal die eines Engels aus. Seine gigantische Aura verlieh ihm eine Statur, die einige Beobachter verwirrte. Er konnte völlig losgelöst sein und die Welt vom Weltraum aus beobachten, wo er sich in der Tat oft aufhielt. Sein Geist konnte die Welt der Träume und Vorahnungen bereisen. Er war ein natürlicher Seher und sah die Vergangenheit und die Zukunft, während er gleichzeitig jede vorübergehende Szene des Dramas des Lebens betrachtete.

Er war vollkommen ehrlich und handelte nur nach seiner Intuition. Niemand konnte es wagen, ihm Anweisungen zu geben. Wenn er musizierte, wurden seine Zuhörer auf andere Ebenen harmonischer Schönheit getragen, die von unausgesprochenem Sinngehalt erfüllt waren und die tiefe Bedeutung des Lebens erfahrbar machten. Kind Anant war immer mit dem Großen Geist des Universums verbunden, der ihn wie Nordlichter, die über dem Pol tanzen, herumwirbelte. Seine engsten Freunde waren die großen Elementargeister und sie trugen ihn zu den Sternen und den Tiefen der Ozeane. Sein Herz war von der zartesten und subtilsten Liebe zur Welt erfüllt. Der Jwaaid, seine große Liebe und sein großer

Mentor, beobachtete seinen Schützling mit tiefer Zuneigung und Stolz.

Der Jwaaid hatte sich seit mehr als fünf Geburten auf seinen letzten Moment vorbereitet. Seine mystischen Praktiken brachten ihn weit über die Grenzen der konventionellen Religion hinaus, gleichwohl schätzten die höchsten Patriarchen und Bischöfe seine Weisheit und Voraussicht. Sie suchten seine Führung und versuchten, seinem Adel und seiner Heiligkeit nachzueifern. Er schien bereits weit über den Tod und den Kreislauf der Reinkarnation hinausgegangen zu sein. Seine Verbindung mit den Dimensionen jenseits des materiellen Universums zog andere in diese Atmosphäre und Schwingung hinein. Sie dachten, er sei Gott am nächsten und wollten haben, was er hatte. Er konnte die Eifersucht spüren, die ihn sein ganzes Leben lang begleitet hatte und er hatte es verstanden, sie vergessen zu lassen, was sie begehrten.

Die wissenschaftlichen Bestrebungen von Professor von Plettenburg gingen stets mit seinen Forschungen im Bereich des Geistes einher und er war seit dem Mittelalter mit der Entwicklung der Alchemie in Deutschland beschäftigt. Er spürte seine Mission, die höchsten spirituellen Errungenschaften mit der endgültigen Eroberung der wissenschaftlichen Kontrolle über die Elemente der Materie zusammenzubringen. Sein Ziel war es, jedes Element in ein beliebiges Material seiner Wahl umzuwandeln und neue Materialien mit beliebigen Eigenschaften seiner Wahl zu erschaffen.

Die ungeheure Macht, Kontrolle über Materie zu haben, lag in seinen Händen und es bestand immer die

Möglichkeit von Größenwahn. Er hatte sich nicht zu erkennen gegeben, sich unauffällig und getarnt gehalten, damit niemand außer dem Jwaaid jemals von seinen wahren Fähigkeiten und seinem Können erfahren würde. Seine tiefe Liebe für die Welt und seine intensive Hingabe an den Großen Geist des Universums schützten ihn vor dieser giftigen Kraft. Er sorgte dafür, dass er bei jedem Schritt seiner Forschungen und Experimente seine Erfolge dem Großen Geist zuschrieb und fühlte wirklich, dass der Große Geist über ihn wachte und ihn für seine Zwecke nutzte.

Er liebte den Status, ein Instrument zu sein und hielt sein Herz sauber und durchlässig. Sein Geist war immer wie ein Kanal, durch den die Inspiration ununterbrochen fließen konnte. Er kannte die Gefahren und war wachsam für den Fall, dass selbst die subtilsten Kräfte von Negativität in seinen Raum, seine Seele eindrangen, um zu versuchen, ihm die Geheimnisse der Alchemie zu entlocken. Sein Freund, der Jwaaid, war immer da, um die Genauigkeit jedes einzelnen Schrittes mit ihm zu teilen und zu bestätigen, während seine Entdeckungen über die Funktionsweise der Alchemie und die Angelegenheiten des reinen Geistes voranschritten.

Nhlakanipho war einer von Shaka Zulus Generälen gewesen und hatte in vielen früheren Geburten die Wege eines Sangomas beschritten. Er wusste, wie man stirbt. Wenngleich er sich nie in die Geheimnisse des Jwaaid und des Magisters einmischte, konnte er durch sein intuitives Gespür verstehen, was von diesen beiden Meistern geleistet wurde und er stand ihnen stets für jede Aufgabe zur Verfügung. Mit seinem reinen Geist unterstützte er die beiden und als uralter Krieger beschützte er sie vor jeder möglichen Bedrohung. Die Phantome schwebten immer um sie herum und versuchten, die psychischen Barrieren zu durchbrechen, die der Jwaaid errichtet hatte. Er wusste, dass Elgard niemals aufgeben, nie sein Ziel aus den Augen lassen würde, ihre Kräfte und Geheimnisse in Besitz zu nehmen. Die nicht lebenden Untoten schliefen nie. Dies erforderte Nhlakaniphos unverminderte Wachsamkeit.

Carla war auf eine andere Ebene des Seins übergegangen. Sie erfreute sich an dem neu gefundenen Zustand der Unabhängigkeit von ihren Selbstzweifeln und ihrem Mangel an Selbstwertgefühl, der sehr tiefgreifend war. Sie fühlte, dass ihr Geist bereits vor ihrer Geburt davon besessen war. Jetzt genoss sie einen transzendenten Zustand innerer Würde. Sie fühlte sich frei von den spöttischen Augen, den Projektionen und Haltungen derer, die sie für verachtenswert hielten. Alle historischen Ereignisse erschienen ihr wie Filme über eine andere Gruppe von Personen. Sie war unbefleckt. Unter der sachkundigen Anleitung des Jwaaid entwickelte sich Carla zu einer Expertin und Mystikerin. Sie war eine Heilerin von Traumata und ihre sanfte Musik beruhigte die notleidenden Geister, die in ihrer Obhut waren. Sie wurde zutiefst liebevoll und vollkommen losgelöst. Sie war wirklich bereit für ihren Übergang.

Elgard war schon lange tot, sterben konnte er jedoch nicht. Er konnte sich nicht von den Fesseln seines umherwandernden Geistes befreien, der eines eigenen Körpers nicht würdig war. Er war dazu verurteilt, von schwachen Individuen oder vertrauten Tieren Besitz zu ergreifen. Tief in seinem Inneren wusste er, dass er niemals frei sein würde. Sein Wunsch, die Macht und Kontrolle über das Universum zu übernehmen, verlieh ihm künstliches Leben. Er hielt an seinem Hass auf alles Leben fest und wurde von dem Drang getrieben, Leben zu zerstören, zu töten und sich für einen Tod zu rächen, der ihm selbst verweigert wurde.

In seiner ewigen Todeslosigkeit würde er von jedem Besitz nehmen und alle Lebewesen ebenso zu dieser unsterblichen Existenz verdammen. Dafür brauchte er Zugang zum Wirbelnden Yantra, das sich in den Köpfen des Jwaaid und des Magisters befand. Beide waren weit außerhalb seiner Reichweite und die Objekte seiner größten Wut und seines größten Hasses. Er hatte erfolglos versucht, seinen okkulten Einfluss auf Helmut Schmitz zu nutzen, um zu ihnen durchzudringen, aber ihre psychischen Barrieren erwiesen sich als zu stark für ihn und seine Legionen. Eine unheimliche, präverbale Angst vor dem, was ihn nach seinem Ableben erwartete, nagte ständig an seiner Seele.

Die Zauberkönigin dachte nicht viel über solche Dinge nach. Sie war voll und ganz mit ihren Intrigen, ihrem gesellschaftlichen Ansehen, ihren Palästen und den Jungen und Mädchen beschäftigt, die auf jede ihrer Launen reagierten. Sie erwartete, dass es immer so bleiben würde. Sie ging davon aus, dass ihre besonderen Fähigkeiten zu Trance und Astralprojektion mit dem Tod gleichzusetzen waren, weshalb sie meinte, dass keine weiteren Vorbereitungen erforderlich seien. Sie glaubte, für ihre

Handlungen nicht mehr zur Rechenschaft gezogen werden zu können und dass sie immun und geschützt sei. Sie war eine recht einfache und oberflächliche Seele, der bisher alles zugeflogen war. Sie konnte diesen eigentümlichen und trüben Schatten nicht genau ausmachen, der sie zu verfolgen schien.

Lord Grantham stand vor dem tiefen Abgrund seines hohen Alters. Sein intellektueller Scharfsinn hatte unter dem leichten Ausbruch der Alzheimer-Krankheit gelitten. Er konnte spüren, wie Fenwick und seinesgleichen beim Foreign Office zum Angriff übergingen. Ein Raubtier wird schließlich zur Beute. Er vermied den Gedanken so oft wie möglich, allerdings drängte er sich ihm besonders dann auf, wenn er zu Beerdigungen ging, was in letzter Zeit öfter vorkam. Trotzdem würde er sein Verlangen nach Macht nicht loslassen.

Er hielt an seiner Position als Leiter der Raumstation fest und behielt die Vision von sich selbst bei, die Auserwählten in eine neue und brillante Zivilisation zu führen, in der er, verewigt, der geliebte König und Führer sein würde. Schließlich hatte die Zauberkönigin vorausgesagt, dass er derjenige sei. Ihre schlichte Unschuld versicherte ihm, dass sie die richtigen Informationen übermittelte. Sein Imperatorenkostüm lag in seinem Schrank bereit, von seinem treuen Diener bewacht.

Fenwick und die Barringtons waren dabei, in sozialer, beruflicher und politischer Hinsicht aufzusteigen. Sie nutzten alle ihnen zur Verfügung stehenden Mittel und alles, was man mit Geld und Prestige kaufen konnte, um die Leiter emporzusteigen. Sie hielten am gegenwärtigen Augenblick fest, der sie wie ein goldener Streitwagen in eine glorreiche Zukunft tragen sollte. Der Erfolg schimmerte auf allen Ebenen vor ihnen und war dabei, ihnen wie eine perfekt reife Frucht in die geöffneten Hände zu fallen.

Alle drei erkannten, dass Grantham der Schlüssel zu ihrem weiteren Aufstieg war, also blieben sie in seiner Nähe und taten alles, um ihn von ihrer Unterstützung abhängig zu machen. Sie malten sich bedeutende Positionen in der neuen Zivilisation aus, auf die sie sich alle vorbereiteten. Sie waren überzeugt, dass die neuen Arzneimittel ihnen anhaltende Jugendlichkeit und Schönheit verleihen würden. Ihre Hirngespinste überlagerten einen anderen Ausgang, den sie nicht voraussehen konnten.

Frieda und Helmut Schmitz hatten fünfunddreißig Jahre miteinander verbracht, ohne sich jemals wirklich kennengelernt zu haben. Ihre Welt bestand aus Auszeichnungen und Heldentaten, Befriedigungen durch sozialen Respekt und gutes Aussehen, feine Konversation in klassischer Kleidung in ebenso feinen Möbeln. Innerhalb ihres Wirkungskreises befanden sie sich an erster Stelle, ihre Zufriedenheit wurde lediglich durch das quälende Gefühl getrübt, den Anschluss verpasst haben zu können. Solche Gedanken ließen sich jedoch leicht beiseiteschieben, da sie sich ihres Platzes auf der Raumstation und ihrer Position in der neuen Gesellschaft, die eine gereinigte Erde betreten würde, klar bewusst waren. Auf ihre eigene Art und Weise ignorierte jeder von ihnen die Notwendigkeit einer ehrlichen Beziehung, die unabdingbar war, wenn sie in die geplante goldene Zukunft aufbrechen wollten.

Vayanis war ein Mörder. Er tötete für Geld und aus Sport. Wenn er tötete, füllte sich sein Herz mit Freude. Das Leben war dazu da, beseitigt zu werden. Es gab ihm ein Gefühl ungeheurer Macht, nach seinem Willen töten oder verschonen zu können und sonst nichts. Für ihn bedeutete das Freiheit und Erfüllung. Er war auch ein Meister darin, sich durch verschiedene Formen der Folter Informationen zu beschaffen. Anderen Menschen Schmerzen zuzufügen, ihnen dabei zuzusehen, wie sie nach ihren Müttern schrien, verschaffte ihm große Befriedigung. Das Messer oder die Waffe selbst in der Hand zu halten, war letztlich unvermeidlich und er hatte Frieden damit geschlossen. Eines Tages würde er ausgelöscht werden und das war es dann. Alles Leben, auch sein eigenes, war wie eine Kerze, die ausgelöscht werden musste. Er verabscheute das Alter und schwor sich, so zu sterben, wie er lebte. Er suchte nach keinem tieferen Sinn. Er trug immer ein geheimes Fläschchen mit Zyanid bei sich, nur für alle Fälle.

Phéline hatte erst vor kurzem seine Gefängnisqualen hinter sich gelassen, die ihm Immunität gegen Folter und viel Erfahrung im Umgang mit dem eigenen Tod verschafft hatten. Wenn Kind Anant sich als Anandi zeigte, wurde Phéline zum männlichen Attribut des Paares. Völlig losgelöst von seiner körperlichen Identität, wie ein männlicher Balletttänzer, erfüllte er seinen Part der Beziehung. In ihren feinstofflichen Körpern wanden sich die beiden wie Schlangen um den Stab aus Lichtenergie, der von jenseits des Kosmos auf die Erde traf. Sie hielten an den sich intensiv drehenden Wirbeln männlicher und weiblicher Prinzipien fest. Das Licht floss durch ihre vereinten Energien und replizierte die Wirkung des Wirbelnden Yantras vom Ende des Kosmos mit der des Nargonoscene-Senders auf der Erde.

Wie das Kind Anant-Anandi, glich Phéline mit seinem Alter Ego Pharishta männliche und weibliche Eigenschaften aus und ließ seinen Körper los. Seine subtile Form füllte sich mit Licht und strahlte sichtbar durch den Geistesraum. Er fühlte, dass er bereits dort war, weit jenseits der Zwänge irdischer Begrenzungen. Er war bereit für das ultimative Opfer des Selbst.

Die Geister der Elemente und die alte Mutter Erde tanzten mit dem Geist des Schmerzes und fühlten die beeindruckende Gegenwart des Großen Geistes des Universums. Sie kannten die Ewigkeit und Unsterblichkeit wie sonst niemand. Der Hirsch bewegte sich unter ihnen als ihr Instrument. Sie wussten, dass der Moment des großen Zusammenflusses nahe war. Sie alle konnten spüren, wie eine neue Energie durch ihre Elementarwesen zu fließen begann. Die Kraft des Wirbelnden Yantras verstärkte sich von Tag zu Tag und das Zusammentreffen der Mystiker mit dem Großen Geist des Universums kanalisierte dieses neue energetisierte Licht, das jedes Element auflud und verwandelte. Ihre ursprüngliche, unberührte und urtümliche Stärke kehrte langsam zurück. Jedes Mal, wenn das Wirbelnde Yantra aktiviert wurde, fühlten sie sich geliebt, bedient, gestreichelt und umsorgt. Sie begannen, die Mystiker zu verehren und danach zu streben, Nutzen zu bringen, ihnen im Gegenzug zu dienen und günstige Umstände zu schaffen.

Gleichzeitig spürten sie eine gegensätzliche, polarisierende und gewalttätige Energie, die tief aus ihrem Inneren ausbrach. Eine Woge ursprünglicher Bewegung rührte sich in ihnen, wie eine Raserei, die im Begriff war, hervorzubrechen. Von Zeit zu Zeit ließen sie die Bewegung auftauchen. Ein Energieausbruch lud die Geister der Erde, des Feuers, des Windes und des Wassers auf. Ihre energetische Kraft begann durch den Feuerring zu laufen und löste stärkere Erdbeben, Vulkanausbrüche und Wirbelstürme aus. Das Yantra erzeugte Wirbel, die sich zwischen dem Rand des bekannten Universums und dem Erdkern ausbreiteten und intensive nichtmaterielle Lichtstrahlen nach unten zogen. Diese drehten sich mit dem Nargonoscene-Sender und verfestigten die Veränderungen in den verschiedenen Elementen. Sie verwirrten die wissenschaftliche Gemeinschaft, die in der Tat erkannte, dass sie keine Kontrolle mehr über die Maschine hatte.

Die Wissenschaftler konnten eine solche Situation niemals zugeben, wussten aber, dass sie sie nicht mehr in der Hand hatten. Eine höhere, unbegreifliche Intelligenz schien die Maschine übernommen zu haben und manipulierte sie auf eine Weise, die sich ihrem Zugriff entzog. Einige von ihnen begannen sich zu fürchten, andere im Flüsterton zu beten. Sie machten sich bereit, an Bord der Raumstation zu gehen und dort zu bleiben. Die Ungewissheit war schrecklich.

Dr. Schmitz erlebte einen inneren Ruck und spürte, dass er mit besonderen Kräften ausgestattet war, diese Mission zu leiten. Er konnte die Schwingung der Beklemmung spüren, die durch die Versammlung der Wissenschaftler und Techniker lief. Er sah, dass sie sich der Übernahme der Maschine bewusst waren, aber niemand wagte es, etwas zu sagen. Alle waren mit der Sicherheit der Raumstation beschäftigt und wollten einfach nur weg. Alles war bereit und das schon seit einer ganzen Weile. Die Liste der Passagiere war überprüft worden und diese waren auch mehr oder weniger bereit, ihr irdisches Leben zu verlassen und an Bord zu gehen. Helmut fühlte sich ungewöhnlich ruhig und in seiner eigenen Kraft.

Plötzlich kam Frieda angerannt. »Helmut, es ist Lord Grantham. Er hatte einen Herzinfarkt. Sie haben ihn sofort ins Krankenhaus gebracht. Du solltest besser gehen und herausfinden, was passiert ist. Ich glaube, es ist ernst.«

»Okay, bereite bitte eine geeignete Erklärung vor und versichere allen, dass alles in Ordnung ist und es kein Problem gibt. Die Ärzte haben alles unter Kontrolle. Ich werde dich auf dem Laufenden halten.« Und er ging.

Eigentlich hatte er so etwas erwartet. Vayanis fuhr ihn ins Krankenhaus und sie betraten die Intensivstation, wo Grantham blass und umgeben von einer Gruppe ausdrucksloser Mediziner lag. Dr. Berens, der leitende Kardiologe, nahm Dr. Schmitz zur Seite und gab ihm zu verstehen, dass sie keine Hoffnung mehr hatten.

»Geben Sie Ihr Bestes«, sagte Helmut und sie gingen so schnell wie sie gekommen waren.

»Vayanis, das heißt, dass wir das Verfahren für die Abreise sofort einleiten müssen. Wie viel Zeit werden wir dafür benötigen?«

»Ich denke, drei Tage sollten ausreichen, dann können wir abheben und von all diesen unerklärlichen Störungen im Sender frei sein. Sie werden eine Menge Erklärungen abgeben müssen. Granthams Ableben bedeutet, dass die Mächte einen von ihnen beauftragen werden, die Führung zu übernehmen. Sie werden sehr schnell handeln müssen.«

»Ja.«

John Jarecki drehte sich in einen goldenen Wirbel und sah von Weitem den, in dem Carla leuchtete. Die schwarze und die weiße, die dunkle und die helle, die männliche und die weibliche Polarität wanden sich um ihren eigenen Lichtstrahl und spannen ihre mystischen Energien zwischen der kosmischen Ferne und dem Kern der Erde. Ein goldener Globus bildete sich um sie herum und trug ihre Energien in die Stratosphäre, während der Kosmos sich selbst wieder neu startete. Alles, was gut und alles, was böse war, verschmolz zu einem Licht, als die elektrischen Impulse die Polaritäten zu einem harmonischen Ton von großer Schönheit verbrannten. Die beiden wurden eins in geistigem Kontakt mit dem Großen Geist des Universums und verkörperten Tugend und Macht in vollkommenem und sanftem Gleichgewicht. Das erneuerte Paar wurde bereit dafür, wie Kinder, unschuldig und weise auf die jungfräuliche Erde hinauszutreten. Neue goldene Menschen begannen die Erde zu bevölkern. Die Passagiere des Raumschiffs sahen nur einige helle Lichter, die sie nicht identifizieren konnten.

Kapitel 30

Schicksal und Tod

Der Geist des Todes spielte seine Rolle als Quelle des Mutes. Es bedarf großer Kraft, damit ein Individuum seinen natürlichen Überlebensinstinkt neutralisieren kann. Der Mut, die Natur umzukehren, ist der Schlüssel zum Tod des Egos.

Die Seele eines jeden ist hinter einer Maske verborgen und der Tod immer zur Stelle, diese wegzureißen. In jeder Sekunde des Lebens besteht die Möglichkeit des Todes. Angst, Verleugnung, Vergesslichkeit und Zerstreuung begleiten die Seele auf ihrem Weg zu diesem Tor. Jeder muss nackt und allein hindurchgehen, bis auf das Innerste entkleidet. Das Schwierigste für den Einzelnen ist es, immer nahe am eigenen Selbst zu leben. Ist es eine diamantene Blume oder eine stählerne Kiste? Bis zu diesem letzten Moment würde man nie wissen, was im eigenen Innersten liegt.

Dies ist eine Vorbereitung auf den Tod und eine Anrufung des Todes. Der spirituelle Meister bleibt in seinem Körper und mit seinem oder ihrem verbunden, ist aber vom Ego gestorben. Die Ego-Maske ist das Nicht-Selbst. Die Entkopplung des Selbst vom Nicht-Selbst macht den spirituellen Meister immun gegen den ätzenden und korrumpierenden Einfluss toxischer Kräfte. Jeder Spieler in diesem Spiel hat seinen eigenen Satz Karten, jeder sein eigenes Schicksal. Aber ungeachtet des Schicksals gibt es einen Weg zum Ziel. Das Labyrinth aus Ablenkungen und Fallen wird zunehmend komplexer und illusorischer. Ohne die vollständige Fähigkeit, die eigenen Waffen benutzen zu können, ist man von vornherein verloren.

Der Große Geist des Universums steht dem Spiel vor und beobachtet die Entscheidungen der einzelnen Spieler, wenn sie eine Weggabelung erreichen. Diese nicht-menschliche Intelligenz stellt die Regeln des Spiels zur Verfügung und gewährt Einblicke in die Feinheiten und Geheimnisse des Gewinnens und Verlierens. Es gibt auf der ganzen Welt nichts, was stärker umkämpft ist, als das Spiel der Macht.

Die Milch der Löwin kann nur in einem goldenen Gefäß aufbewahrt werden. Näherst du dich ihr, knurrt sie und springt dir an die Kehle. Drehst du dich um und rennst? Oder wendest du dich ihr zu und stellst dich ihr? Wenn sie deinen gebieterischen und ruhigen Blick und deine unerschrockene Haltung sieht, wendet sie sich ab und zieht sich in ihr Versteck zurück.

Jede Weggabelung ist eine Prüfung des Vertrauens und der Integrität. Wenn du eine undurchdringliche Felswand erreichst, musst du zur nächsten Stufe aufsteigen. Es wird von dir verlangt, durch Schilde und Blöcke zu gehen. Bei jedem Passieren lässt du all deine Verbindungen hinter dir. Der spirituelle Meister ist immer allein. Der Krieger kämpft im Alleingang. Der Anführer folgt niemandem.

Das Feuer der Liebe, auf die höchste Temperatur erhitzt, ist das Feuer, das Selbst für den Einen zu opfern. Es ist die letzte Stufe der Hingabe, der rituelle Selbstmord. Für den Krieger, der der Religion des Hagakure und der Gita folgt, ist es ein Kampf bis zum Tod. Der Geist des

Todes schwebt über dem Kopf des Kriegers, denn er muss in richtiger Weise sterben. Sein ganzes Leben ist eine Vorbereitung auf den Tod. Er muss sich der Frage stellen: Was bist du jetzt und was wirst du durch diese letzte Vertrauensprüfung werden? Diese Praxis und Disziplin ist eine lange und mühsame Vorbereitung auf die Reinkarnation.

Alles hängt von der Verbindung mit dem Großen Geist von jenseits des Universums ab. Der Erfolg des Kriegers liegt in der letzten Reise in die Welt des Nirvana, der ursprünglichen Wohnstätte des Geistes. Der Meister taucht in die Ruhe, in die Stille ein. Sein erweitertes Selbst geht in seinem essentiellen Selbst auf. Er kehrt zu seinem Ursprung zurück. Seine Existenz ist gesichert, obwohl es keine Erfahrung der Existenz gibt, bis das große Drama der Welt wieder beginnt.

Als Kind des Schöpfers beansprucht er sein ewiges Erbe, seine Schätze der Reinheit, des Friedens, der Macht, der Liebe und der Glückseligkeit. Viele Leben lang strebt er nach Unabhängigkeit von den Rädern, den Wirbeln von Gut und Böse, Freiheit und Knechtschaft, Ruhm und Verleumdung. Lange Zeit arbeitet er durch selbstschöpferisches Studium in extremer Vereinfachung des Lebens, um spirituelle Weisheit, Tugenden und Kräfte von höchster Intelligenz aufzunehmen. Seine Leistung in der Welt der Menschen erfordert Disziplin im Umgang mit ihnen und im Dienst an seinen Mitmenschen. Er muss alle Nuancen der Gesetze kennen, die den menschlichen Umgang miteinander regeln und nach reinem Karma und einer fruchtbaren Zukunft für alle streben.

Mit einer lebenslangen Praxis transformierender Meditation und der Anrufung der höchsten reinigenden Kraft, in einem völlig losgelösten Zustand, in stiller Kontemplation, muss er göttliches Licht und Energie aufnehmen. Er muss tief über seine gegenwärtige Identität hinausgehen, sich von seinem Körper lösen und in reinem Gewahrsein bleiben. Allmählich werden alle Schwächen, Schlacken und Korrosionen seiner Seele weggeschmolzen, sein falsches Ego wird zerstört.

Diese Arbeit ist Selbsterhaltung, die innere Kraft erzeugt. Der Krieger findet seine harmonische Essenz und erreicht ein vollkommenes, geistiges Gleichgewicht. Der Fluss reiner Gedanken seines klaren Geistes weckt seine telepathischen Fähigkeiten. Die Kraft seines reinen Handelns verleiht ihm Sensibilität für die Gefühle anderer. Er wird immun gegen Negativität. Ein solches Wesen mit klarem Verstand und klarem Herzen kann ein geschickter Herrscher über sein oder ihr eigenes Selbst und die Welt sein. Dies ist ein Wesen von Weisheit und Macht. Sein Verstand, genährt durch das Wort des unkörperlichen Großen Geistes, führt es zu seinem Schicksal.

Wenn der Krieger sich seinem letzten Moment nähert, richtet sich seine Aufmerksamkeit auf das Eine Licht und es verschmilzt im Feuer der absoluten Liebe. Er hat seine Bestimmung der Gegenwart erfüllt und ist wirklich auf den Tod vorbereitet. Der letzte Augenblick ist das Ziel und der Zweck aller Menschen zu allen Zeiten. Wenn der Moment kommt, muss der Krieger seinen Überlebensinstinkt ausschalten. Er muss jenseits der Dichotomie von Leben und Tod sein.

Sich durch bittere Umstände vom Leben abzuwenden, ist das Zweitbeste, nach der Hinwendung zu dem Einen durch intensive Liebe und völlige Loslösung. Die letztendliche liebevolle Hingabe verbrennt alle Bindungen an die Materie und der Geist erhebt sich in völliger Freiheit über den Körper hinaus. Jeder hat das Recht und die Pflicht, die gewinnbringendsten Handlungen, die zu einem korrekten Tod führen, zu erkennen und auszuführen.

Kapitel 31

Der Umgang mit toxischer Kraft

Magister von Plettenburg und der Jwaaid stiegen bis zur untersten Ebene der Höhlen hinab. Das atmosphärische Wurmloch führte direkt von Sutherland zum Portal am Vulkan Hekla. Die Instrumente in Sutherland waren so konstruiert, dass sie galaktische Energie in die Vulkankette ziehen und die Verschiebung durch tektonischen Magnetismus aktivieren konnten.

Das Wirbelnde Yantra ist solch ein subtiles Instrument, dass es keinen physischen Raum benötigt. Es hat kein Gewicht und kann daher nie gefunden werden. Das Yantra wird durch die Geisteskraft mächtiger Mystiker in Gang gesetzt und aktiviert. Die Kombination der Technologie des Nargonoscene-Senders und des Wirbelnden Yantras bringt die Kräfte der Natur und die allmächtige Kraft des Großen Geistes des Universums zusammen. Wenn die Energie von Mystikern kanalisiert wird, bringt dies die Bewegung des Lebens für nur eine Sekunde zu einem Ruhepunkt und kehrt die Wirkung der Entropie um. Es ist ein großer Sprung vom Tiefpunkt zum Zenit, es sind Tod und Wiedergeburt der Welt durch die größte Feuersbrunst.

Eine Ausrichtung aller Elemente der Materie in harmonischer Perfektion, setzt durch strategisch positionierte Kernexplosionen tektonische Plattenbewegungen frei. Eine abrupte Umkehrung der magnetischen Ausrichtung der Erdhalbkugeln im Moment der Verflüssigung der Erdkruste, versetzt den Globus augenblicklich in seinen Urzustand zurück.

Alle Elemente werden in einem riesigen Meer der Reinigung zu Plasma. Das Magma des Erdkerns bricht aus und beginnt einen kosmischen Tanz gigantischen Ausmaßes. Dies wird als der Große Tod erinnert, das periodische Aussterben beinahe aller Lebewesen. Fast alles Leben auf der Erde erlischt und sie verformt sich in einem außergewöhnlichen Prozess des planetarischen Todes und der Wiedergeburt.

Im geistigen Raum herrscht völlige Stille. Die ganze Menschheit wird für einen ewigen Augenblick lang still. Wie ein großer Bienenschwarm versammeln sich alle Lebensgeister unter dem intensiven Licht des Jenseits und mit einem erstaunlich leisen Rauschen erheben sie sich über die Erde hinaus und verblassen in den galaktischen Tiefen dahinter.

Elgard, der Geist Michaels, und die Armee der Phantome wurden mit Gewalt in einen dunklen Raum hinuntergezogen. Sie hatten keine Kontrolle über die Energien, die sie in diese dichte, erstickende Dunkelheit hüllten. Jeder von ihnen begann zu halluzinieren. Jeder von ihnen betrat die Szenen, die in seinem Gewissen eingebrannt waren. Sie alle traten in den Geist und Körper derer ein, die sie gefoltert hatten und sie spürten die Ungeheuerlichkeit ihrer Taten. Jeder von ihnen versank in der Schmach der Gräuel, die sie kleinen Kindern, wehrlosen jungen Frauen und Männern angetan hatten und sie durchlebten nacheinander, was ihre Opfer erlebt hatten. Jeder von ihnen war eine gefühlte Ewigkeit lang allein und bewegte sich von einer schrecklichen Szene zur nächsten. Es gab kein Nachlassen. Dann lichtete sich die Dunkelheit ein wenig und sie konnten die anderen sehen.

All diejenigen, die von ihrem Machtstreben korrumpiert worden waren, erlebten noch einmal, was sie getan hatten, um diesen Zwang zu befriedigen. Jeder von ihnen war überwältigt von der brennenden Scham, dem qualvollen Gesichtsverlust ihrer Seelen, die in der schrecklichen Unfähigkeit, Reue zu empfinden, der völligen Isolation, dem elenden Scheitern, Selbstachtung zu erlangen, brannten. Elgard und Michael standen zusammen, aber getrennt voneinander, und sahen die Zauberkönigin vorbeischweben, ihre geschwollenen Augen tränenüberströmt, ihr verwesender Körper voller Würmer und Ratten, endlos unfähig, frei zu sein. Alastaire und Cornelia Barrington wurden von schweren Ketten gezogen, wilde Hunde bissen in ihre Extremitäten. Fenwick und Lord Grantham wurden ebenfalls nackt und wehrlos in einem vergitterten Wagen gezogen, während Ameisen, Bremsen und Mücken gnadenlos an ihren bläulich aufgedunsenen Körpern fraßen.

Die Magnetschilde der Raumstation im Universum hielten stand und von außerhalb der Gravitationsfelder des Sonnensystems beobachteten die ausgewählten Passagiere voller Ehrfurcht, wie die Sonne entsetzlich aufflammte und wieder unterging. Die Planeten stabilisierten sich und fanden neue Umlaufbahnen und der geliebte blaue Planet ließ sich in seiner eigenen neuen Umlaufbahn nieder, die Ozeane und das Land hatten neue Orte gefunden. Die Raumstation würde sich dem erneuerten Planeten nähern, ihn einige Monate lang umkreisen und dann bestimmen, wann und wo eine Landung möglich sein würde.

Das Wirbelnde Yantra aktivierte Lichtkugeln, die jeden der Mystiker einhüllten. Sie schwebten hoch in der Atmosphäre, während die Feuerstürme, gewaltigen Blitze, gigantischen Tsunamis, Hurrikans und Tornados sich drehten und ihr ursprüngliches Chaos aufführten. Jeder Mystiker hielt seine eigene harmonische Note in perfekter Tonalität. Jeder Mystiker leuchtete mit dem intensiven Licht, das vom Großen Geist des Universums durch ihn hindurchging.

Sie beobachteten den Tanz des Universums und sahen, wie sich der Schwarm der Wesen von der Erdoberfläche erhob und weit über die Ränder der Galaxie hinaus in eine andere Dimension driftete, davongetragen vom Großen Licht, dem Großen Geist des Universums. Sie schauten dem endgültigen Tod und der Wiedergeburt allen Lebens zu und behielten die Tonalität der Harmonik bei, bis alles ruhig und beständig wurde. Die gesamte Feuersbrunst war innerhalb weniger Tage beendet. Alles war ruhig und still.

Der Klang der Obertöne nahm an Intensität ab, das extreme Licht wurde sanfter, die Lichtkugeln verblassten und befreiten ihre mystischen Passagiere, die auf die jungfräuliche Erde hinaustraten. Die Erde war wie Gold, weich, schön, duftend und vor Edelsteinen funkelnd. Innerhalb weniger Tage bedeckte die Natur die Erde mit grünem, üppigem Wuchs und Blumen. Magisch badete die

Kraft des Lebens den Planeten in seiner herrlichen Energie und Klängen von Harmonie.